Histórias divertidas

*Este livro apresenta os mesmos textos
literários das edições anteriores.*

Histórias divertidas

Fernando Sabino • Artur Azevedo
Machado de Assis • Stanislaw Ponte Preta
Lima Barreto • Luís Fernando Veríssimo
Aluísio Azevedo • Moacyr Scliar

Organização
José Paulo Paes

Ilustrações
Laerte

VOLUME 13

PARA GOSTAR DE LER

Histórias divertidas
Fernando Sabino © herdeiros; © Luís Fernando Veríssimo; Moacyr Scliar © herdeiros;
Stanislaw Ponte Preta © herdeiras de Sérgio Porto, 1992

Gerente editorial Claudia Morales
Editor Fabricio Waltrick
Editores assistentes José Muniz Jr. e Malu Rangel
Coordenadora de revisão Ivany Picasso Batista
Revisoras Luciana Soares e Bárbara Borges

ARTE
Projeto gráfico Mariana Newlands
Editor Vinicius Rossignol Felipe
Diagramadora Thatiana Kalaes
Editoração eletrônica Acqua Estúdio Gráfico
Pesquisa iconográfica Sílvio Kligin (coord.)

CIP-BRASIL. CATALOGAÇÃO NA FONTE
SINDICATO NACIONAL DOS EDITORES DE LIVROS, RJ

H587
12.ed.

    Histórias divertidas / Fernando Sabino... [et al.] ; ilustrações Laerte ; [organização José Paulo Paes]. - 12.ed. - São Paulo : Ática, 2011.
    128p. : il. - (Para Gostar de Ler; 13)

    Contém suplemento de leitura
    Inclui apêndice e bibliografia

    ISBN 978-85-08-14361-0

    1. Conto brasileiro. I. Sabino, Fernando, 1923-2004.
II. Série.

10-5059.   CDD: 869.93
                                 CDU: 821.134.3(81)-3

ISBN 978 85 08 14361-0 (aluno)
ISBN 978 85 08 14362-7 (professor)
Código da obra CL 737121

2023
12ª edição
10ª impressão
Impressão e acabamento: Vox Gráfica

Todos os direitos reservados pela Editora Ática
Av. Otaviano Alves de Lima, 4400 – CEP 02909-900 – São Paulo, SP
Atendimento ao cliente: 4003-3061 – atendimento@atica.com.br
www.atica.com.br – www.atica.com.br/educacional

IMPORTANTE: Ao comprar um livro, você remunera e reconhece o trabalho do autor e o de muitos outros profissionais envolvidos na produção editorial e na comercialização das obras: editores, revisores, diagramadores, ilustradores, gráficos, divulgadores, distribuidores, livreiros, entre outros. Ajude-nos a combater a cópia ilegal! Ela gera desemprego, prejudica a difusão da cultura e encarece os livros que você compra.

Sumário

APRESENTAÇÃO
Uma viagem pelo cômico, 7

FERNANDO SABINO
Televisão para dois, 13
Dona Custódia, 16

ARTUR AZEVEDO
Um capricho, 23
Plebiscito, 30

MACHADO DE ASSIS
A chinela turca, 37
A segunda vida, 51

STANISLAW PONTE PRETA
Prova falsa, 63
Conversa de viajantes, 65

LIMA BARRETO
Um músico extraordinário, 71
Boa medida, 80

LUÍS FERNANDO VERÍSSIMO
Atitude suspeita, 85
O casamento, 88

Aluísio Azevedo
O macaco azul, 99
Polítipo, 108

Moacyr Scliar
Piquenique, 117
O ladrão, 123

Referências bibliográficas, 126

Uma viagem pelo cômico

O filósofo grego Aristóteles lembrava, já no século IV a.C., que, de "todos os seres vivos, somente ao homem é dado rir". Pois o chamado riso da hiena não passa de um grito parecido com o riso humano. E o papagaio nos imita por imitar, sem saber por quê.

A capacidade de rir (excluído, evidentemente, o riso de pura alegria física das crianças) está ligada de perto à capacidade de pensar, exclusiva do homem. Mas pensar não é entendido, neste caso, como um processo de análise pormenorizada de dados para chegar a uma conclusão. Trata-se de uma percepção rápida, quase instantânea, da incoerência de uma situação, incoerência que a torna cômica e, por isso mesmo, risível.

Vejamos o que diz Vladimir Propp. Depois de examinar numerosos e variados exemplos de comicidade na literatura, no jornalismo, no teatro, no cinema, no circo e na vida diária, o pensador russo propôs uma definição geral do cômico. Para ele, a sensação de comicidade resulta do nosso instinto de que algo normal, certo ou correto seja contraditado por um fato que repentinamente desmascara um defeito oculto nas coisas ou pessoas nele envolvidas. Com isso, a nossa atenção se desloca de repente: das aparências para aquilo que está oculto por trás delas.

Propp parece ter esquecido de dizer — ou, se não esqueceu, deixou de acentuar — que esse desmascaramento, além de repentino, deve ser feito de maneira *habilidosa* e *surpreendente*. Pois é nessas duas últimas características que está o sal, por assim dizer, da comicidade.

Veja-se, por exemplo, neste volume, "O macaco azul", de Aluísio Azevedo. O título desse típico conto humorístico já contradiz nossa noção de normalidade: quem já viu na vida um macaco azul? E toda a trama da narrativa se volta para a explicação do título extravagante, ao qual está ligado outro absurdo: o de que o narrador do conto sabe o segredo da poesia. Ora, é do conhecimento geral que o poeta nasce feito. Não existe fórmula mágica que possa fazer com que escrevam bons poemas aqueles que não nasceram dotados para isso — ainda que seu talento inato tenha de ser aprimorado pelo estudo e pela prática da escrita.

No conto de Aluísio Azevedo, há um certo Paulino que, embora tivesse feito o quanto podia, jamais conseguira escrever um único verso digno do nome. Ele põe-se a perseguir o narrador insistindo em que ele lhe revele, a qualquer preço, o segredo da poesia. Para livrar-se do importuno, o narrador inventa então o habilidoso e intrigante estratagema do macaco azul.

Temos aí os elementos de base da definição de Propp: nosso senso de normalidade e de equilíbrio é contrariado por um defeito humano — a falta de talento e a pretensão absurda de consegui-lo por meio de uma fórmula secreta. Esse defeito é confirmado até o ridículo por essa mesma pretensa fórmula. E a graça do conto está na habilidade com que a fórmula é proposta — intrigante aparência por trás da qual nosso olhar desvenda o ridículo da vaidade e da ambição humana.

Não pense você que, por revelar-lhe boa parte do entrecho desse conto de Aluísio Azevedo, tenhamos estragado o prazer da sua leitura. Em primeiro lugar, não lhe foi revelada a surpresa do final. Em segundo lugar, diferentemente das piadas que só são engraçadas quando as ouvimos pela primeira vez, o prazer de ler um bom conto humorístico não está apenas em saber o que ele conta, mas também e sobretudo em poder apreciar a maneira pela qual ele vai conquistando aos poucos nossa atenção, preparando-nos progressivamente para a surpresa final. Como nas viagens, o prazer não é apenas chegar ao lugar de destino, mas também desfrutar os encantos do percurso.

Durante sua viagem pelos contos deste volume, você pode, se quiser, depois de lê-los, verificar de que maneira cada um se enquadra na definição de cômico acima referida. Mas o mais importante é você se divertir com a leitura. Para isso é que eles foram escritos.

Boa viagem!

JOSÉ PAULO PAES
Poeta, tradutor e editor, José Paulo Paes foi um dos mais importantes intelectuais brasileiros. Nasceu em 1926, em Taquaritinga (SP), e faleceu em 1998, em São Paulo.

Fernando Sabino

Televisão para dois
Fernando Sabino

Ao chegar ele via uma luz que se coava por baixo da porta para o corredor às escuras. Era enfiar a chave na fechadura e a luz se apagava. Na sala, punha a mão na televisão, só para se certificar: quente, como desconfiava. Às vezes ainda pressentia movimento na cozinha:

— Etelvina, é você?

A preta aparecia, esfregando os olhos:

— Ouvi o senhor chegar... Quer um cafezinho?

Um dia ele abriu o jogo:

— Se você quiser ver televisão quando eu não estou em casa, pode ver à vontade.

— Não precisa não, doutor. Não gosto de televisão.

— E eu muito menos.

Solteirão, morando sozinho, pouco parava em casa. A pobre da cozinheira metida lá no seu quarto o dia inteiro, sozinha também, sem ter muito que fazer...

Mas a verdade é que ele curtia o seu futebolzinho aos domingos, o noticiário todas as noites e mesmo um ou outro capítulo da novela, "só para fazer sono", como costumava dizer:

— Tenho horror de televisão.

Um dia Etelvina acabou concordando:

— Já que o senhor não se incomoda...

Não sabia que ia se arrepender tão cedo: ao chegar da rua, a luz azulada sob a porta já não se apagava quando introduzia a chave na fechadura. A princípio ela ainda se erguia da ponta do sofá onde ousava se sentar muito ereta:

— Quer que eu desligue, doutor?

Com o tempo, ela foi deixando de se incomodar quando o patrão entrava, mal percebia a sua chegada. E ele ia se refugiar no quarto, a que se reduzira seu espaço útil dentro de casa. Se precisava vir até a sala para apanhar um livro, mal ousava acender a luz:

— Com licença...

Nem ao menos tinha mais liberdade de circular pelo apartamento em trajes menores, que era o que lhe restava de comodidade, na solidão em que vivia: a cozinheira lá na sala a noite toda, olhos pregados na televisão. Pouco a pouco ela se punha cada vez mais à vontade, já derreada no sofá, e se dando mesmo ao direito de só servir o jantar depois da novela das oito. Às vezes ele vinha para casa mais cedo, especialmente para ver determinado programa que lhe haviam recomendado, ficava sem jeito de estar ali olhando ao lado dela, sentados os dois como amiguinhos. Muito menos ousaria perturbá-la, mudando o canal, se o que lhe interessava estivesse sendo mostrado em outra estação.

A solução do problema lhe surgiu um dia, quando alguém, muito espantado que ele não tivesse televisão em cores, sugeriu-lhe que comprasse uma:

— Etelvina, pode levar essa televisão lá para o seu quarto, que hoje vai chegar outra para mim.

— Não precisava, doutor — disse ela, mostrando os dentes, toda feliz.

Ele passou a ver tranquilamente o que quisesse na sua sala, em cores, e, o que era melhor, de cuecas — quando não inteiramente nu, se bem o desejasse.

Até que uma noite teve a surpresa de ver a luz por debaixo da porta, ao chegar. Nem bem entrara e já não havia ninguém na sala, como antes — a televisão ainda quente. Foi à cozinha a pretexto de beber um copo d'água, esticou um olho lá para o quarto na área: a luz azulada, a preta entretida com a televisão certamente recém-ligada.

— Não pensa que me engana, minha velha — resmungou ele.

Aquilo se repetiu algumas vezes, antes que ele resolvesse acabar com o abuso: afinal, ela já tinha a dela, que diabo. Entrou uma noite de supetão e flagrou a cozinheira às gargalhadas com um programa humorístico.

— Qual é, Etelvina? A sua quebrou?

Ela não teve jeito senão confessar, com um sorriso encabulado:

— Colorido é tão mais bonito...

Desde então a dúvida se instalou no seu espírito: não sabe se despede a empregada, se lhe confia o novo aparelho e traz de volta para a sala o antigo, se deixa que ela assista a seu lado aos programas em cores.

O que significa praticamente casar-se com ela, pois, segundo a mais nova concepção de casamento, a verdadeira felicidade conjugal consiste em ver televisão a dois.

Televisão para dois

Dona Custódia
Fernando Sabino

Ar de empregada ela não tinha: era uma velha mirrada, muito bem-arranjadinha, mangas compridas, cabelos em bandó num vago ar de camafeu — e usava mesmo um, fechando-lhe o vestido ao pescoço. Mas via-se que era humilde — atendera ao anúncio publicado no jornal porque satisfazia às especificações, conforme ela própria fez questão de dizer: sabia cozinhar, arrumar a casa e servir com eficiência a senhor só.

O senhor só fê-la entrar, meio ressabiado. Não era propriamente o que esperava, mas tanto melhor: a velhinha podia muito bem dar conta do recado, por que não? E além do mais impunha dentro de casa certo ar de discrição e respeito, propício ao seu trabalho de escritor. Chamava-se Custódia.

Dona Custódia foi logo botando ordem na casa: varreu a sala, arrumou o quarto, limpou a cozinha, preparou o jantar. Deslizava como uma sombra para lá, para cá — em pouco sobejavam provas de sua eficiência doméstica. Ao fim de alguns dias ele se acostumou à sua silenciosa iniciativa (fazia de vez em quando uns quitutes) e se deu por satisfeito: chegou mesmo a pensar em aumentar-lhe o ordenado, sob a feliz impressão de que se tratava de uma empregada de categoria.

De tanta categoria que no dia do aniversário do pai, em que almoçaria fora, ele aproveitou-se para dispensar também o jantar, só para lhe proporcionar o dia inteiro de folga. Dona Custódia ficou muito satisfeitinha, disse que assim sendo iria também passar o dia com uns parentes lá no Rio Comprido.

Mas às quatro horas da tarde ele precisou de dar um pulo no apartamento para apanhar qualquer coisa que não vem à história. A história se restringe à impressão estranha que teve, então, ao abrir a porta e entrar na sala: julgou mesmo ter errado de andar e invadido casa alheia. Porque aconteceu que deu com os móveis da sala dispostos de maneira diferente, tudo muito arranjadinho e limpo, mas cheio de enfeites mimosos: paninho de renda no consolo, toalha bordada na mesa, dois bibelôs sobre a cristaleira — e em lugar da gravura impressionista na parede, que se via? Um velho de bigodes o espiava para além do tempo, dentro da moldura oval. Nem pôde examinar direito tudo isso, porque, espalhadas pela sala, muito formalizadas e de chapéu, oito ou dez senhoras tomavam chá! Só então reconheceu entre elas dona Custódia, que antes proseava muito à vontade mas ao vê-lo se calou, estatelada. Estupefato, ele ficou parado sem saber o que fazer e já ia dando o fora quando sua empregada se recompôs do susto e acorreu, pressurosa:

— Entre, não faça cerimônia! — puxou-o pelo braço, voltando-se para as demais velhinhas: — Este é o moço que eu falava, a quem alugo um quarto.

Foi apresentado a uma por uma: viúva do desembargador Fulano de Tal; senhora Assim-Assim; senhora Assim-Assado; viúva de

Beltrano, aquele escritor da Academia! Depois de estender a mão a todas elas, sentou-se na ponta de uma cadeira, sem saber o que dizer. Dona Custódia veio em sua salvação.

— Aceita um chazinho?
— Não, muito obrigado. Eu...
— Deixa de cerimônia. Olha aqui, experimenta uma brevidade, que o senhor gosta tanto. Eu mesma fiz.

Que ela mesma fizera ele sabia — não haveria também de pretender que ele é que cozinhava. Que diabo ela fizera de seu quadro? E os livros, seus cachimbos, o nu de Modigliani junto à porta substituído por uma aquarelinha...

— A senhora vai me dar licença, dona Custódia.

Foi ao quarto — tudo sobre a cama, nas cadeiras, na cômoda. Apanhou o tal objeto que buscava e voltou à sala:

— Muito prazer, muito prazer — despediu-se, balançando a cabeça e caminhando de costas como um chinês. Ganhou a porta e saiu.

Quando regressou, tarde da noite, encontrou como por encanto o apartamento restituído à arrumação original, que o fazia seu. O velho bigodudo desaparecera, o paninho de renda, tudo — e os objetos familiares haviam retornado ao lugar.

— A senhora...

Dona Custódia o aguardava, ereta como uma estátua, plantada no meio da sala. Ao vê-lo, abriu os braços dramaticamente, falou apenas:

— Eu sou a pobreza envergonhada!

Não precisou dizer mais nada: ao olhá-la, ele reconheceu logo que era ela: a própria Pobreza Envergonhada. E a tal certeza nem seria preciso acrescentar-se as explicações, a aflição, as lágrimas com que a pobre se desculpava, envergonhadíssima: perdera o ma-

rido, passava necessidade, não tinha outro remédio — escondida das amigas se fizera empregada doméstica! E aquela tinha sido a sua oportunidade de reaparecer para elas, justificar o sumiço... Ele balançava a cabeça, concordando: não se afligisse, estava tudo bem. Concordava mesmo que de vez em quando, ele não estando em casa, evidentemente, voltasse a recebê-las como na véspera, para um chazinho.

O que passou a acontecer dali por diante, sem mais incidentes. E às vezes se acaso regressava mais cedo detinha-se na sala para bater um papo com as velhinhas, a quem já se ia afeiçoando.

Não tão velhinhas que um dia não surgisse uma viúva bem mais conservada, a quem acabou também se afeiçoando, mas de maneira especial. Até que dona Custódia soube, descobriu tudo, ficou escandalizada! Não admitia que uma amiga fizesse aquilo com seu hóspede. E despediu-se, foi-se embora para nunca mais.

Fernando Sabino nasceu em 1923 em Belo Horizonte (MG). Estreou na literatura ainda na adolescência, influenciado por Edgar Wallace e Arthur Conan Doyle. Escreveu muitas crônicas e contos, e é autor de romances importantes como *O encontro marcado* e *O grande mentecapto*. Muitos de seus textos são inspirados em situações do cotidiano do Rio de Janeiro, onde morou por muitos anos. Além de escritor, foi jornalista e funcionário público. Faleceu em 2004, na capital carioca.

Artur Azevedo

Um capricho
Artur Azevedo

Em Mar de Espanha[1] havia um velho fazendeiro, viúvo, que tinha uma filha muito tola, muito mal-educada, e, sobretudo, muito caprichosa. Chamava-se Zulmira.

Um bom rapaz, que era empregado no comércio da localidade, achava-a bonita, e como estivesse apaixonado por ela não lhe descobria o menor defeito.

Perguntou-lhe uma vez se consentia que ele fosse pedi-la ao pai.

A moça exigiu dois dias para refletir.

Vencido o prazo, respondeu:

— Consinto, sob uma pequena condição.

— Qual?

— Que o seu nome seja impresso.

— Como?

---

[1] Pequena cidade no sul de Minas Gerais. (N.E.)

— É um capricho.
— Ah!
— Enquanto não vir o seu nome em letra redonda, não quero que me peça.
— Mas isso é a coisa mais fácil...
— Não tanto como supõe. Note que não se trata da sua assinatura, mas do seu nome. É preciso que não seja coisa sua.

Epidauro, que assim se chamava o namorado, parecia não ter compreendido. Zulmira acrescentou:
— Arranje-se!

E repetiu:
— É um capricho.

Epidauro aceitou, resignado, a singular condição, e foi para casa.

Aí chegado, deitou-se ao comprido na cama, e, contemplando as pontas dos sapatos, começou a imaginar por que meios e modos faria publicar o seu nome.

Depois de meia hora de cogitação, assentou em escrever uma correspondência anônima para certo periódico da Corte, dando-lhe graciosamente notícias de Mar de Espanha.

Mas o pobre namorado tinha que lutar com duas dificuldades: a primeira é que em Mar de Espanha nada sucedera digno de menção; a segunda estava em como encaixar o seu nome na correspondência.

Afinal conseguiu encher duas tiras de papel de notícias deste jaez!

"Consta-nos que o Rev.^{mo} Padre Fulano, vigário desta freguesia, passa para a de tal parte."

"O Il.^{mo} sr. dr. Beltrano, juiz de direito desta comarca, completou anteontem 43 anos de idade. S. S^a, que se acha muito bem conservado, reuniu em sua casa alguns amigos."

"Tem chovido bastante estes últimos dias" etc.

Entre essas modestas novidades, o correspondente espontâneo, depois de vencer um pequenino escrúpulo, escreveu:

"O nosso amigo Epidauro Pamplona tenciona estabelecer-se por conta própria."

Devidamente selada e lacrada, a correspondência seguiu, mas... Mas não foi publicada.

∴

O pobre rapaz resolveu tomar um expediente e o trem de ferro.

"À Corte! à Corte!", dizia ele consigo; "ali, por fás ou por nefas[2], há de ser impresso o meu nome!"

E veio para a Corte.

Da estação central dirigiu-se imediatamente ao escritório de uma folha diária, e formulou graves queixas contra o serviço da estrada de ferro. Rematou dizendo:

— Pode dizer, sr. redator, que sou eu o informante.

— Mas quem é o senhor? — perguntou-lhe o redator, molhando uma pena; o seu nome?

— Epidauro Pamplona.

O jornalista escreveu; o queixoso teve um sorriso de esperança.

— Bem. Se for preciso, cá fica o seu nome.

Queria ver-se livre dele; no dia seguinte, nem mesmo a queixa veio a lume.

Epidauro não desesperou.

Outra folha abriu uma subscrição não sei para que vítimas; publicava todos os dias a relação dos contribuintes.

— Que bela ocasião! — murmurou o obscuro Pamplona.

E foi levar cinco mil-réis à redação.

---

2 Por bem ou por mal. (N.E.)

Com tão má letra, porém, assinou, e tão pouco cuidado tiveram na revisão das provas, que saiu:

Epifânio Peixoto .... 5$000

Epidauro teve vergonha de pedir errata, e assinou mais 2$000. Saiu:

"Com a quantia de 2$, que um cavalheiro ontem assinou, perfaz a subscrição tal a quantia de tanto que hoje entregamos etc.

Está fechada a subscrição."

Uma reflexão de Epidauro:

Oh! Se eu me chamasse José da Silva! Qualquer nome igual que se publicasse, embora não fosse o meu, poderia servir-me! Mas eu sou o único Epidauro Pamplona...

E era.

Daí, talvez, o capricho de Zulmira.

Uma folha caricata costumava responder às pessoas que lhe mandavam artigos declarando os respectivos nomes no Expediente.

Epidauro mandou uns versos, e que versos! A resposta dizia: "Sr. E. P. — Não seja tolo."

• • •

Como último recurso, Epidauro apoderou-se de um queijo de Minas à porta de uma venda e deitou a fugir como quem não pretendia evitar os urbanos, que apareceram logo. O próprio gatuno foi o primeiro a apitar.

Levaram-no para uma estação de polícia. O oficial de serviço ficou muito admirado de que um moço tão bem trajado furtasse um queijo, como um reles larápio.

Estudantadas... refletiu o militar; e, voltando-se para o detido:

— O seu nome?

— Epidauro Pamplona! — bradou com triunfo o namorado de Zulmira.

O oficial acendeu um cigarro e disse num tom paternal:

— Está bem, está bem, sr. Pamplona. Vejo que é um moço decente... que cedeu a alguma rapaziada.

Ele quis protestar.

— Eu sei o que isso é! — atalhou o oficial. — De uma vez em que saí de súcia³ com uns camaradas meus pela Rua do Ouvidor, tiramos à sorte qual de nós havia de furtar uma lata de goiabada à porta de uma confeitaria. Já lá vão muitos anos.

E noutro tom:

— Vá-se embora, moço, e trate de evitar as más companhias.

— Mas...

— Descanse, o seu nome não será publicado.

Não havia réplica possível; demais, Epidauro era por natureza tímido.

O seu nome, escrito entre os dos vagabundos e ratoneiros, era uma arma poderosíssima que forjava contra os rigores de Zulmira; dir-lhe-ia:

— Impuseste-me uma condição que bastante me custou a cumprir. Vê o que fez de mim o teu capricho!

• • •

Quando Epidauro saiu da estação, estava resolvido a tudo!

A matar um homem, se preciso fosse, contanto que lhe publicassem as dezesseis letras do nome!

• • •

---

3 Bando. (N.E.)

Um capricho

Lembrou-se de prestar exame na Instrução Pública.
O resultado seria publicado no dia seguinte.
E, com efeito, foi: "Houve um reprovado."
Era ele!
Tudo falhava.

• • •

Procurou muitos outros meios, o pobre Pamplona, para fazer imprimir o seu nome; mas tantas contrariedades o acompanharam nesse desejo que jamais conseguiu realizá-lo.

Escusado é dizer que nunca se atreveu a matar ninguém.

A última tentativa não foi a menos original.

Epidauro lia sempre nos jornais:

"Durante a semana finda, S.M. o Imperador foi cumprimentado pelas seguintes pessoas etc."

Lembrou-se também de ir cumprimentar Sua Majestade.

"Chego ao paço", pensou ele, "dirijo-me ao Imperador, e digo-lhe: — Um humilde súdito vem cumprimentar Vossa Majestade — e saio".

Mandou fazer casaca: mas, no dia em que devia ir a S. Cristóvão, teve febre e caiu de cama.

• • •

Voltemos a Mar de Espanha:

Zulmira está sentada ao pé do pai. Acaba de contar-lhe a condição que impôs a Epidauro. O velho fazendeiro ri-se a bandeiras despregadas.

Entra um pajem.

Traz o *Jornal do Comércio*, que tinha ido buscar à agência de correio.

A moça percorre a folha, e vê, afinal, publicado o nome de Epidauro Pamplona.

— Coitado! — murmura tristemente, e passa o jornal ao velho. — É no obituário:

"Epidauro Pamplona, 23 anos, solteiro, mineiro. — Febre perniciosa."

O fazendeiro, que é estúpido por excelência, acrescenta:

— Coitado! Foi a primeira vez que viu publicado o seu nome.

Plebiscito
Artur Azevedo

A cena passa-se em 1890.

A família está toda reunida na sala de jantar.

O senhor Rodrigues palita os dentes, repimpado numa cadeira de balanço. Acabou de comer como um abade.

Dona Bernardina, sua esposa, está muito entretida a limpar a gaiola de um canário-belga.

Os pequenos são dois, um menino e uma menina. Ela distrai-se a olhar para o canário. Ele, encostado à mesa, os pés cruzados, lê com muita atenção uma das nossas folhas diárias.

Silêncio.

• • •

De repente, o menino levanta a cabeça e pergunta:

— Papai, que é plebiscito?

O senhor Rodrigues fecha os olhos imediatamente para fingir que dorme.

O pequeno insiste:

— Papai?

Pausa:

— Papai?

Dona Bernardina intervém:

— Ó seu Rodrigues, Manduca está lhe chamando. Não durma depois do jantar que lhe faz mal.

O senhor Rodrigues não tem remédio senão abrir os olhos.

— Que é? Que desejam vocês?

— Eu queria que papai me dissesse o que é plebiscito.

— Ora essa, rapaz! Então tu vais fazer doze anos e não sabes ainda o que é plebiscito?

— Se soubesse não perguntava.

O senhor Rodrigues volta-se para dona Bernardina, que continua muito ocupada com a gaiola:

— Ó senhora, o pequeno não sabe o que é plebiscito!

— Não admira que ele não saiba, porque eu também não sei.

— Que me diz?! Pois a senhora não sabe o que é plebiscito?

— Nem eu, nem você; aqui em casa ninguém sabe o que é plebiscito.

— Ninguém, alto lá! Creio que tenho dado provas de não ser nenhum ignorante!

— A sua cara não me engana. Você é muito prosa. Vamos: se sabe, diga o que é plebiscito! Então? A gente está esperando! Diga!...

— A senhora o que quer é enfezar-me!

— Mas, homem de Deus, para que você não há de confessar que não sabe? Não é nenhuma vergonha ignorar qualquer palavra. Já outro dia foi a mesma coisa quando Manduca lhe perguntou o que era proletário. Você falou, e o menino ficou sem saber!

Plebiscito   31

— Proletário — acudiu o senhor Rodrigues — é o cidadão pobre que vive do trabalho mal remunerado.

— Sim, agora sabe porque foi ao dicionário; mas dou-lhe um doce, se me disser o que é plebiscito sem se arredar dessa cadeira!

— Que gostinho tem a senhora em tornar-me ridículo na presença destas crianças!

— Oh! Ridículo é você mesmo quem se faz. Seria tão simples dizer: — Não sei, Manduca, não sei o que é plebiscito; vai buscar o dicionário, meu filho.

O senhor Rodrigues ergue-se de um ímpeto e brada:

— Mas se eu sei!

— Pois se sabe, diga!

— Não digo para me não humilhar diante de meus filhos! Não dou o braço a torcer! Quero conservar a força moral que devo ter nesta casa! Vá para o diabo!

E o senhor Rodrigues, exasperadíssimo, nervoso, deixa a sala de jantar e vai para o seu quarto, batendo violentamente a porta.

No quarto havia o que ele mais precisava naquela ocasião: algumas gotas de água de flor de laranja e um dicionário...

A menina toma a palavra:

— Coitado de papai! Zangou-se logo depois do jantar! Dizem que é tão perigoso!

— Não fosse tolo — observa dona Bernardina — e confessasse francamente que não sabia o que é plebiscito!

— Pois sim — acode Manduca, muito pesaroso por ter sido o causador involuntário de toda aquela discussão; — pois sim, mamãe; chame papai e façam as pazes.

— Sim, sim, façam as pazes! — diz a menina em tom meigo e suplicante. — Que tolice! duas pessoas que se estimam tanto zangarem-se por causa do plebiscito!

Dona Bernardina dá um beijo na filha, e vai bater à porta do quarto:

— Seu Rodrigues, venha sentar-se; não vale a pena zangar-se por tão pouco.

O negociante esperava a deixa. A porta abre-se imediatamente. Ele entra, atravessa a casa, e vai sentar-se na cadeira de balanço.

• • •

— É boa! — brada o senhor Rodrigues depois de largo silêncio. — É muito boa! Eu, eu ignorar a significação da palavra *plebiscito*! Eu!...

A mulher e os filhos aproximam-se dele.

O homem continua num tom profundamente dogmático:

— Plebiscito...

E olha para todos os lados a ver se há por ali mais alguém que possa aproveitar a lição.

— Plebiscito é uma lei decretada pelo povo romano, estabelecido em comícios.

— Ah! — suspiram todos, aliviados.

— Uma lei romana, percebem? E querem introduzi-la no Brasil! É mais um estrangeirismo!...

Artur Azevedo nasceu em São Luís (MA) em 1855. Aos 18 anos mudou-se para o Rio de Janeiro. Foi funcionário público, professor e atuante jornalista. O teatro foi sua grande paixão e até hoje suas peças cativam o público. Dono de uma obra extensa, tanto no teatro como na literatura, faleceu em 1908, no Rio de Janeiro.

Machado de Assis

A chinela turca
Machado de Assis

Vede o bacharel Duarte. Acaba de compor o mais teso e correto laço de gravata que apareceu naquele ano de 1850, e anunciam-lhe a visita do major Lopo Alves. Notai que é de noite, e passa de nove horas. Duarte estremeceu, e tinha duas razões para isso. A primeira era ser o major, em qualquer ocasião, um dos mais enfadonhos sujeitos do tempo. A segunda é que ele preparava-se justamente para ir ver, em um baile, os mais finos cabelos louros e os mais pensativos olhos azuis, que este nosso clima, tão avaro deles, produzira. Datava de uma semana aquele namoro. Seu coração, deixando-se prender entre duas valsas, confiou aos olhos, que eram castanhos, uma declaração em regra, que eles pontualmente transmitiram à moça, dez minutos antes da ceia, recebendo favorável resposta logo depois do chocolate. Três dias depois, estava a caminho a primeira carta, e pelo jeito que levavam as cousas, não era de admirar que, antes do fim do ano, estivessem ambos a caminho da igreja. Nestas circunstâncias, a chegada de Lopo Alves era uma verdadeira calamidade. Velho amigo da família, companheiro de seu finado pai no exército, tinha jus o major a todos os respeitos. Impossível despedi-lo ou tratá-lo com frieza. Havia felizmente uma circunstância atenuante; o major era aparentado com Cecília, a moça dos olhos azuis; em caso de necessidade, era um voto seguro.

Duarte enfiou um chambre e dirigiu-se para a sala, onde Lopo Alves, com um rolo debaixo do braço e os olhos fitos no ar, parecia totalmente alheio à chegada do bacharel.

— Que bom vento o trouxe a Catumbi a semelhante hora? perguntou Duarte, dando à voz uma expressão de prazer, aconselhada não menos pelo interesse que pelo bom-tom.

— Não sei se o vento que me trouxe é bom ou mau, respondeu o major, sorrindo por baixo do espesso bigode grisalho; sei que foi um vento rijo. Vai sair?

— Vou ao Rio Comprido.

— Já sei; vai à casa da viúva Menezes. Minha mulher e as pequenas já lá devem estar: eu irei mais tarde, se puder. Creio que é cedo, não?

Lopo Alves tirou o relógio e viu que eram nove horas e meia. Passou a mão pelo bigode, levantou-se, deu alguns passos na sala, tornou a sentar-se e disse:

— Dou-lhe uma notícia, que certamente não espera. Saiba que fiz... fiz um drama.

— Um drama! exclamou o bacharel.

— Que quer? Desde criança padeci destes achaques literários. O serviço militar não foi remédio que me curasse, foi um paliativo. A doença regressou com a força dos primeiros tempos. Já agora não há remédio senão deixá-la e ir simplesmente ajudando a natureza.

Duarte recordou-se de que efetivamente o major falava noutro tempo de alguns discursos inaugurais, duas ou três nênias e boa soma de artigos que escrevera acerca das campanhas do Rio da Prata. Havia, porém, muitos anos que Lopo Alves deixara em paz os generais platinos e os defuntos; nada fazia supor que a moléstia volvesse, sobretudo caracterizada por um drama. Esta circunstância explicá-la-ia o bacharel, se soubesse que Lopo Alves, algumas semanas antes, assistira à representação de uma peça do gênero ultrarromântico, obra que lhe agradou muito e lhe sugeriu a ideia de afrontar as luzes do tablado. Não entrou o major nestas minuciosidades necessárias, e o bacharel ficou sem conhecer o motivo da explosão dramática do militar. Nem o soube, nem curou disso. Encareceu muito as faculdades mentais do major, manifestou calorosamente a ambição que nutria de o ver sair triunfante naquela estreia, prometeu que o recomendaria a alguns amigos que tinha no *Correio Mercantil*, e só estacou e empalideceu quando viu o major, trêmulo de bem-aventurança, abrir o rolo que trazia consigo.

— Agradeço-lhe as suas boas intenções, disse Lopo Alves, e aceito o obséquio que me promete; antes dele, porém, desejo outro. Sei que é inteligente e lido; há de me dizer francamente o que pensa deste trabalho. Não lhe peço elogios, exijo franqueza e franqueza rude. Se achar que não é bom, diga-o sem rebuço.

Duarte procurou desviar aquele cálix de amargura; mas era difícil pedi-lo, e impossível alcançá-lo. Consultou melancolicamente o relógio, que marcava nove horas e cinquenta e cinco minutos, enquanto o major folheava paternalmente as cento e oitenta folhas do manuscrito.

— Isto vai depressa, disse Lopo Alves; eu sei o que são rapazes e o que são bailes. Descanse que ainda hoje dançará duas ou três valsas com *ela*, se a tem, ou com elas. Não acha melhor irmos para o seu gabinete?

Era indiferente, para o bacharel, o lugar do suplício; acedeu ao desejo do hóspede. Este, com a liberdade que lhe davam as relações, disse ao moleque que não deixasse entrar ninguém. O algoz não queria testemunhas. A porta do gabinete fechou-se; Lopo Alves tomou lugar ao pé da mesa, tendo em frente o bacharel, que mergulhou o corpo e o desespero numa vasta poltrona de marroquim, resoluto a não dizer palavra para ir mais depressa ao termo.

O drama dividia-se em sete quadros. Esta indicação produziu um calafrio no ouvinte. Nada havia de novo naquelas cento e oitenta páginas, senão a letra do autor. O mais eram os lances, os caracteres, as *ficelles*[1] e até o estilo dos mais acabados tipos do romantismo desgrenhado. Lopo Alves cuidava pôr por obra uma invenção, quando não fazia mais do que alinhavar as suas reminiscências. Noutra ocasião, a obra seria um bom passatempo. Havia logo no primeiro quadro, espécie de prólogo, uma criança roubada à família, um envenenamento, dois embuçados, a ponta de um punhal e quantidade de adjetivos não menos afiados que o punhal. No segundo quadro dava-se conta da morte de um dos embuçados, que devia ressuscitar no terceiro, para ser preso no quinto, e matar o tirano no sétimo. Além da morte aparente do embuçado, havia no segundo quadro o rapto da menina, já então moça de dezessete anos, um monólogo que parecia durar igual prazo, e o roubo de um testamento.

Eram quase onze horas quando acabou a leitura deste segundo quadro. Duarte mal podia conter a cólera; era já impossível ir ao Rio Comprido. Não é fora de propósito conjecturar que, se o major expirasse naquele momento, Duarte agradeceria a morte como benefício da Providência. Os sentimentos do bacharel não faziam crer tamanha ferocidade; mas a leitura de um mau livro é capaz de pro-

---

1 Do francês, manhas ou truques. (N.E.)

duzir fenômenos ainda mais espantosos. Acresce que, enquanto aos olhos carnais do bacharel aparecia em toda a sua espessura a grenha de Lopo Alves, fulgiam-lhe ao espírito os fios de ouro que ornavam a formosa cabeça de Cecília; via-a com os olhos azuis, a tez branca e rosada, o gesto delicado e gracioso, dominando todas as demais damas que deviam estar no salão da viúva Menezes. Via aquilo, e ouvia mentalmente a música, a palestra, o soar dos passos, e o ruge-ruge das sedas; enquanto a voz rouquenha e sensaborona de Lopo Alves ia desfiando os quadros e os diálogos, com a impassibilidade de uma grande convicção.

Voava o tempo, e o ouvinte já não sabia a conta dos quadros. Meia-noite soara desde muito; o baile estava perdido. De repente, viu Duarte que o major enrolava outra vez o manuscrito, erguia-se, empertigava-se, cravava nele uns olhos odientos e maus, e saía arrebatadamente do gabinete. Duarte quis chamá-lo, mas o pasmo tolhera-lhe a voz e os movimentos. Quando pôde dominar-se, ouviu o bater do tacão rijo e colérico do dramaturgo na pedra da calçada.

Foi à janela; nada viu nem ouviu; autor e drama tinham desaparecido.

— Por que não fez ele isso há mais tempo? disse o rapaz, suspirando.

O suspiro mal teve tempo de abrir as asas e sair pela janela afora, em demanda do Rio Comprido, quando o moleque do bacharel veio anunciar-lhe a visita de um homem baixo e gordo.

— A esta hora! exclamou Duarte.

— A esta hora, repetiu o homem baixo e gordo, entrando na sala. A esta ou a qualquer hora, pode a polícia entrar na casa do cidadão, uma vez que se trata de um delito grave.

— Um delito!

— Creio que me conhece...

— Não tenho essa honra.

— Sou empregado na polícia.

— Mas que tenho eu com o senhor? De que delito se trata?

— Pouca cousa: um furto. O senhor é acusado de haver subtraído uma chinela turca. Aparentemente não vale nada ou vale pouco a tal chinela. Mas há chinela e chinela. Tudo depende das circunstâncias.

O homem disse isto com um riso sarcástico, e cravando no bacharel uns olhos de inquisidor. Duarte não sabia sequer da existência do objeto roubado. Concluiu que havia equívoco de nome, e não se zangou com a injúria irrogada à sua pessoa, e de algum modo à sua classe, atribuindo-se-lhe a ratonice. Isto mesmo disse ao empregado da polícia, acrescentando que não era motivo, em todo caso, para incomodá-lo a semelhante hora.

— Há de perdoar-me, disse o representante da autoridade. A chinela de que se trata vale algumas dezenas de contos de réis; é ornada de finíssimos diamantes, que a tornam singularmente preciosa. Não é turca só pela forma, mas também pela origem. A dona, que é uma de nossas patrícias mais viageiras, esteve, há cerca de três anos, no Egito, onde a comprou a um judeu. A história, que este aluno de Moisés referiu acerca daquele produto da indústria muçulmana, é verdadeiramente miraculosa, e, no meu sentir, perfeitamente mentirosa. Mas não vem ao caso dizê-la. O que importa saber é que ela foi roubada e que a polícia tem denúncia contra o senhor.

Neste ponto do discurso, chegara-se o homem à janela; Duarte suspeitou que fosse um doido ou um ladrão. Não teve tempo de examinar a suspeita, porque dentro de alguns segundos viu entrar cinco homens armados, que lhe lançaram as mãos e o levaram, escada abaixo, sem embargo dos gritos que soltava e dos movimentos desesperados que fazia. Na rua havia um carro, onde o meteram à força. Já lá estava o homem baixo e gordo, e mais um sujeito alto e magro que o receberam e fizeram sentar no fundo do carro. Ouviu-se estalar o chicote do cocheiro e o carro partiu à desfilada.

— Ah! ah! disse o homem gordo. Com que então pensava que podia impunemente furtar chinelas turcas, namorar moças louras, casar talvez com elas... e rir ainda por cima do gênero humano.

Ouvindo aquela alusão à dama dos seus pensamentos, Duarte teve um calafrio. Tratava-se, ao que parecia, de algum desforço de rival suplantado. Ou a alusão seria casual e estranha à aventura? Duarte perdeu-se num cipoal de conjecturas, enquanto o carro ia sempre andando a todo galope. No fim de algum tempo, arriscou uma observação.

— Quaisquer que sejam os meus crimes, suponho que a polícia...

— Nós não somos da polícia, interrompeu friamente o homem magro.

— Ah!

— Este cavalheiro e eu fazemos um par. Ele, o senhor e eu faremos um terno. Ora, terno não é melhor que par; não é, não pode ser. Um casal é o ideal. Provavelmente não me entendeu?

— Não, senhor.

— Há de entender logo mais.

Duarte resignou-se à espera, enfronhou-se no silêncio, derreou o corpo, e deixou correr o carro e a aventura. Obra de cinco minutos depois estacavam os cavalos.

— Chegamos, disse o homem gordo.

Dizendo isto, tirou um lenço da algibeira e ofereceu-o ao bacharel para que tapasse os olhos. Duarte recusou, mas o homem magro observou-lhe que era mais prudente obedecer que resistir. Não resistiu o bacharel; atou o lenço e apeou-se. Ouviu, daí a pouco, ranger uma porta; duas pessoas — provavelmente as mesmas que o acompanharam no carro — seguraram-lhe as mãos e o conduziram por uma infinidade de corredores e escadas. Andando, ouvia o bacharel algumas vozes desconhecidas, palavras soltas, frases truncadas. Afinal pararam; disseram-lhe que se sentasse e destapasse os olhos. Duarte obedeceu: mas, ao desvendar-se, não viu ninguém mais.

Era uma sala vasta, assaz iluminada, trastejada com elegância e opulência. Era talvez sobreposse a variedade dos adornos; contudo, a pessoa que os escolhera devia ter gosto apurado.

Os bronzes, charões, tapetes, espelhos — a cópia infinita de objetos que enchiam a sala, era tudo da melhor fábrica. A vista daquilo restituiu a serenidade de ânimo ao bacharel; não era provável que ali morassem ladrões.

Reclinou-se o moço indolentemente na otomana... Na otomana! Esta circunstância trouxe à memória do rapaz o princípio da aventura e o roubo da chinela. Alguns minutos de reflexão bastaram para ver que a tal chinela era já agora mais que problemática. Cavando mais fundo no terreno das conjecturas, pareceu-lhe achar uma explicação nova e definitiva. A chinela vinha a ser pura metáfora; tratava-se do coração de Cecília, que ele roubara, delito de que o queria punir o já imaginado rival. A isto deviam ligar-se naturalmente as palavras misteriosas do homem magro: o par é melhor que o terno; um casal é o ideal.

— Há de ser isso, concluiu Duarte; mas quem será esse pretendente derrotado?

Neste momento abriu-se uma porta do fundo da sala e negrejou a batina de um padre alvo e calvo. Duarte levantou-se, como por efeito de uma mola. O padre atravessou lentamente a sala, ao passar por ele deitou-lhe a bênção, e foi sair por outra porta rasgada na parede fronteira. O bacharel ficou sem movimento, a olhar para a porta, a olhar sem ver, estúpido de todos os sentidos. O inesperado daquela aparição baralhou totalmente as ideias anteriores a respeito da aventura.

Não teve tempo, entretanto, de cogitar alguma nova explicação, porque a primeira porta foi de novo aberta e entrou por ela outra figura, desta vez o homem magro, que foi direito a ele e o convidou a segui-lo. Duarte não opôs resistência. Saíram por uma terceira porta, e, atravessados alguns corredores mais ou menos alumiados, foram dar a outra sala, que só o era por duas velas postas em castiçais de prata. Os castiçais estavam sobre uma mesa larga. Na cabeceira desta havia um homem velho que representava ter cinquenta e cinco anos; era uma figura atlética, farta de cabelos na cabeça e na cara.

— Conhece-me? perguntou o velho, logo que Duarte entrou na sala.

— Não, senhor.

— Nem é preciso. O que vamos fazer exclui absolutamente a necessidade de qualquer apresentação. Saberá em primeiro lugar que o roubo da chinela foi um simples pretexto...

— Oh! de certo! interrompeu Duarte.

— Um simples pretexto, continuou o velho, para trazê-lo a esta nossa casa. A chinela não foi roubada; nunca saiu das mãos da dona. João Rufino, vá buscar a chinela.

O homem magro saiu, e o velho declarou ao bacharel que a famosa chinela não tinha nenhum diamante, nem fora comprada a nenhum judeu do Egito; era, porém, turca, segundo se lhe disse, e um milagre de pequenez. Duarte ouviu as explicações, e, reunindo todas as forças, perguntou resolutamente:

— Mas, senhor, não me dirá de uma vez o que querem de mim e o que estou fazendo nesta casa?

— Vai sabê-lo, respondeu tranquilamente o velho.

A porta abriu-se e apareceu o homem magro com a chinela na mão. Duarte, convidado a aproximar-se da luz, teve ocasião de verificar que a pequenez era realmente miraculosa. A chinela era de marroquim finíssimo; no assento do pé, estufado e forrado de seda cor azul, rutilavam duas letras bordadas a ouro.

— Chinela de criança, não lhe parece? disse o velho.
— Suponho que sim.
— Pois supõe mal; é chinela de moça.
— Será; nada tenho com isso.
— Perdão! tem muito, porque vai casar com a dona.
— Casar! exclamou Duarte.
— Nada menos. João Rufino, vá buscar a dona da chinela.

Saiu o homem magro, e voltou logo depois. Assomando à porta, levantou o reposteiro e deu entrada a uma mulher, que caminhou para o centro da sala. Não era mulher, era uma sílfide[2], uma visão de poeta, uma criatura divina.

Era loura; tinha os olhos azuis, como os de Cecília, extáticos, uns olhos que buscavam o céu ou pareciam viver dele. Os cabelos, desleixadamente penteados, faziam-lhe em volta da cabeça, um como resplendor de santa; santa somente, não mártir, porque o sorriso que lhe desabrochava os lábios era um sorriso de bem-aventurança, como raras vezes há de ter tido a terra.

Um vestido branco, de finíssima cambraia, envolvia-lhe castamente o corpo, cujas formas aliás desenhava, pouco para os olhos, mas muito para a imaginação.

Um rapaz, como o bacharel, não perde o sentimento da elegância, ainda em lances daqueles. Duarte, ao ver a moça, compôs o chambre, apalpou a gravata e fez uma cerimoniosa cortesia, a que ela correspondeu com tamanha gentileza e graça, que a aventura começou a parecer muito menos aterradora.

---

2 As sílfides são criaturas aladas semelhantes às fadas e povoam as mitologias céltica e gêrmanica. (N.E.)

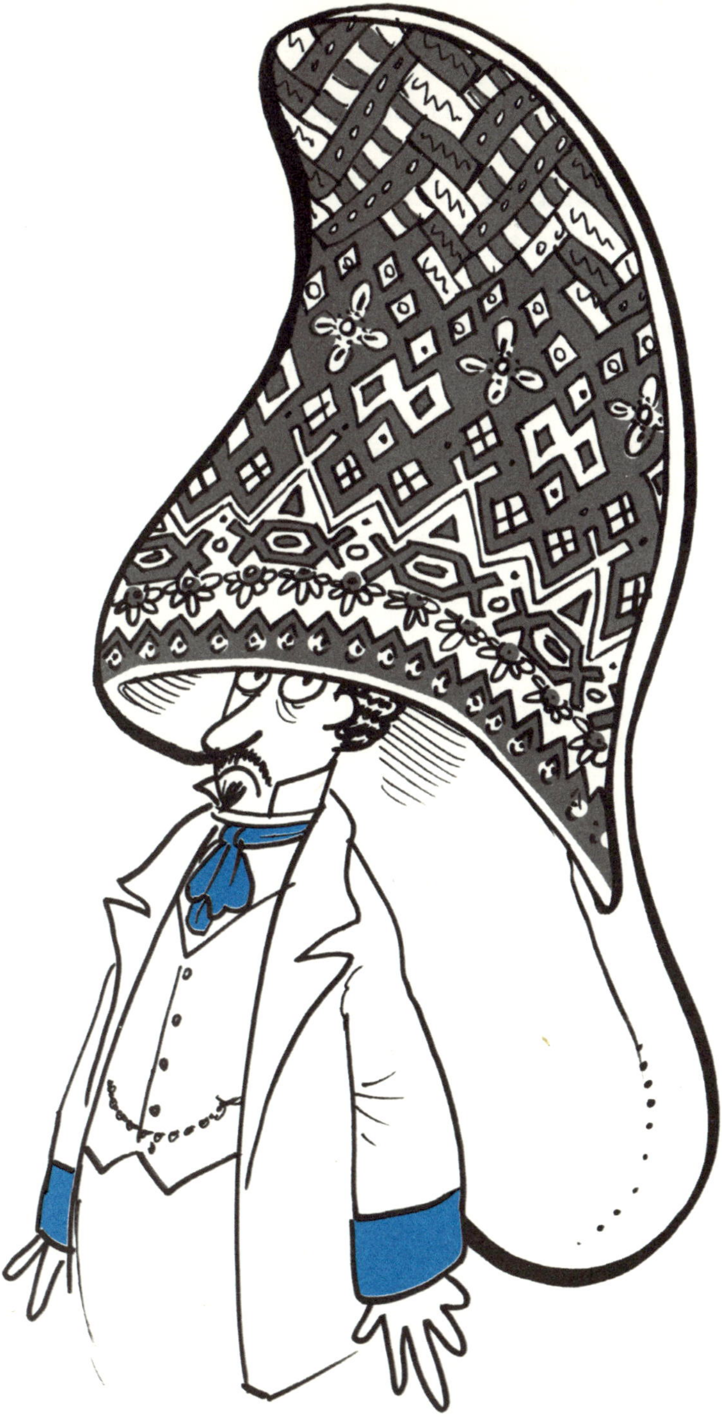

— Meu caro doutor, esta é a noiva.

A moça abaixou os olhos; Duarte respondeu que não tinha vontade de casar.

— Três cousas vai o senhor fazer agora mesmo, continuou impassivelmente o velho: a primeira é casar; a segunda, escrever o seu testamento; a terceira, engolir certa droga do Levante[3]...

— Veneno! interrompeu Duarte.

— Vulgarmente é esse o nome; eu dou-lhe outro: passaporte do céu.

Duarte estava pálido e frio. Quis falar, não pôde; um gemido, sequer, não lhe saiu do peito. Rolaria ao chão, se não houvesse ali perto uma cadeira em que se deixou cair.

— O senhor, continuou o velho, tem uma fortunazinha de cento e cinquenta contos. Esta pérola será a sua herdeira universal. João Rufino, vá buscar o padre.

O padre entrou, o mesmo padre calvo que abençoara o bacharel pouco antes; entrou e foi direito ao moço, engrolando sonolentamente um trecho de Neemias ou qualquer outro profeta menor; travou-lhe da mão e disse:

— Levante-se!

— Não! não quero! Não me casarei!

— E isto? disse da mesa o velho, apontando-lhe uma pistola.

— Mas então é um assassinato?

— É; a diferença está no gênero de morte: ou violenta com isto, ou suave com a droga. Escolha!

Duarte suava e tremia. Quis levantar-se e não pôde. Os joelhos batiam um contra o outro. O padre chegou-se-lhe ao ouvido, e disse baixinho:

---

3 Região do Oriente Médio às margens do mar Mediterrâneo. (N.E.)

Histórias divertidas

Fernando Sabino • Artur Azevedo
Machado de Assis • Stanislaw Ponte Preta
Lima Barreto • Luís Fernando Veríssimo
Aluísio Azevedo • Moacyr Scliar

SUPLEMENTO DE LEITURA

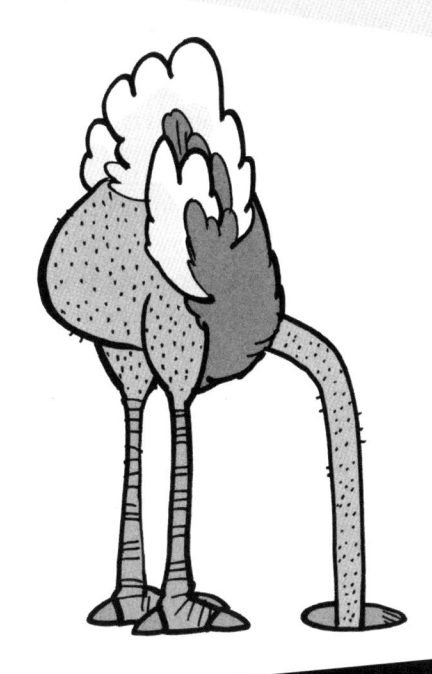

editora ática

PARA GOSTAR DE LER

Você acabou de ler contos de alguns dos melhores escritores brasileiros, de diferentes épocas. Nessas histórias, foi possível perceber que o talento de fazer rir varia de acordo com o estilo e a visão de mundo de cada escritor. Agora, está na hora de refletir um pouco sobre o que você leu.

Truques e segredos

A arte de contar histórias é feita de truques e segredos. Lendo com atenção, você pode descobrir alguns deles.

1. Os contos reunidos neste volume exploram diversos tipos de humor. Relacione as definições de alguns desses tipos com as situações que aparecem nos textos.

(1) Sátira: o autor enfatiza uma mania ou defeito do personagem, de modo a expô-lo ao ridículo e deixar implícita uma crítica.
(2) Anedota: pequena história cuja graça está no final surpreendente.
(3) Ironia: o narrador reconhece a seriedade de alguma coisa como modo de demonstrar que ela é absurda.
(4) Alegoria: o autor recorre a situações e personagens fantasiosos para, por comparação com a realidade, criticar seus defeitos.

( ) Em "Prova falsa", o homem confessa que cometeu uma trapaça para prejudicar o cachorro, mas só faz isso no final, quando o animal já foi expulso de casa.
( ) No conto "Boa medida", o descaso dos governantes para com o povo e a incompetência dos políticos são representados por personagens num reino da imaginação.

( ) No plebiscito escolhem-se os candidatos que vão ocupar os cargos eletivos: prefeito, deputados, etc.
( ) No plebiscito não se vota num candidato, mas numa ideia.

7. Machado de Assis dominava a arte de fazer o leitor ler uma coisa e pensar que está lendo outra. Em "A chinela turca" há um humor fino e sutil, obtido por meio dessa estratégia.

a) Descreva essa estratégia e comente sua sensação ao descobrir o que estava realmente acontecendo com o protagonista.

_____
_____
_____
_____

b) Lopo Alves faz a seguinte exclamação no final: "Paixões fortes!" — confirmada por Duarte. Será que os dois estão se referindo à mesma coisa? Por quê?

_____
_____
_____

8. O conto "Conversa de viajantes" satiriza duas manias dos turistas: usar a expressão "imagine você que" para descrever lugares e coisas, e gabar-se por ter ido ao exterior. No texto, há um divertido contraste entre os dois personagens. Como você o descreveria?

_____
_____
_____
_____

9. O conto "Boa medida", de Lima Barreto, traz uma alegoria. Você acha que ela se mantém atual?

_____
_____
_____
_____

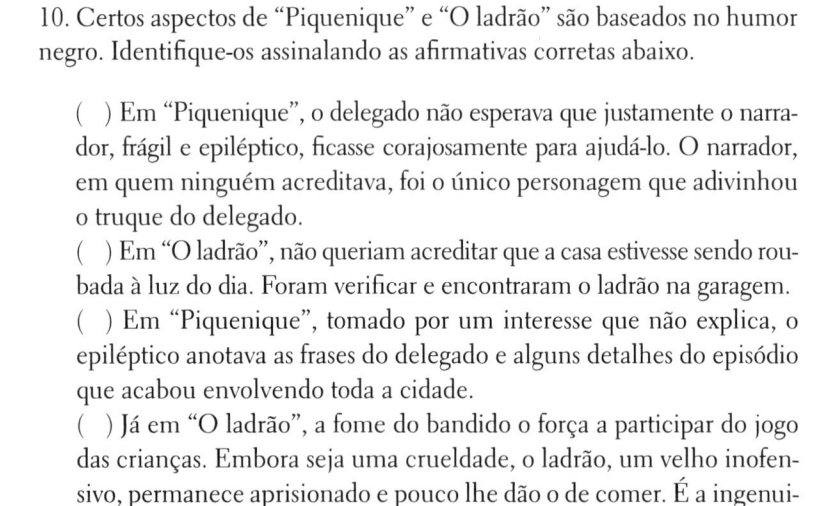

10. Certos aspectos de "Piquenique" e "O ladrão" são baseados no humor negro. Identifique-os assinalando as afirmativas corretas abaixo.

(   ) Em "Piquenique", o delegado não esperava que justamente o narrador, frágil e epiléptico, ficasse corajosamente para ajudá-lo. O narrador, em quem ninguém acreditava, foi o único personagem que adivinhou o truque do delegado.
(   ) Em "O ladrão", não queriam acreditar que a casa estivesse sendo roubada à luz do dia. Foram verificar e encontraram o ladrão na garagem.
(   ) Em "Piquenique", tomado por um interesse que não explica, o epiléptico anota as frases do delegado e alguns detalhes do episódio que acabou envolvendo toda a cidade.
(   ) Já em "O ladrão", a fome do bandido o força a participar do jogo das crianças. Embora seja uma crueldade, o ladrão, um velho inofensivo, permanece aprisionado e pouco lhe dão o de comer. É a ingenuidade e credulidade dos garotos que os leva a fazer isso.

Agora, o cronista é você

Depois de refletir sobre os contos lidos, é hora de dar asas à imaginação e criar o seu próprio texto.

No conto "O macaco azul", de Aluísio Azevedo, o narrador inventa esse ser imaginário para que Paulino lhe deixe em paz. E se o macaco azul, do conto de Aluísio Azevedo, realmente existisse e pudesse interagir com os outros personagens? Escreva em seu caderno um conto com as aventuras de Paulino e do macaco azul. Você pode criar o que quiser. Por exemplo, o macaco pode ser poeta, e até melhor do que Paulino!

— Quer fugir?
— Oh! sim! exclamou, não com os lábios que podia ser ouvido, mas com os olhos em que pôs toda a vida que lhe restava.
— Vê aquela janela? Está aberta; embaixo fica um jardim. Atire-se dali sem medo.
— Oh! padre! disse baixinho o bacharel.
— Não sou padre, sou tenente do exército. Não diga nada.

A janela estava apenas cerrada; via-se pela fresta uma nesga do céu, já meio claro. Duarte não hesitou, coligiu todas as forças, deu um pulo do lugar onde estava e atirou-se a Deus misericórdia por ali abaixo. Não era grande altura, a queda foi pequena; ergueu-se o moço rapidamente, mas o homem gordo, que estava no jardim, tomou-lhe o passo.

— Que é isso? perguntou ele, rindo.

Duarte não respondeu, fechou os punhos, bateu com eles violentamente nos peitos do homem e deitou a correr pelo jardim afora. O homem não caiu; sentiu apenas um grande abalo; e, uma vez passada a impressão, seguiu no encalço do fugitivo. Começou então uma carreira vertiginosa. Duarte ia saltando cercas e muros, calcando canteiros, esbarrando árvores, que uma outra vez se lhe erguiam na frente. Escorria-lhe o suor em bica, alteava-se-lhe o peito, as forças iam a perder-se pouco a pouco; tinha uma das mãos ferida, a camisa salpicada do orvalho das folhas, duas vezes esteve a ponto de ser apanhado, o chambre pegara-se-lhe em uma cerca de espinhos. Enfim, cansado, ferido, ofegante, caiu nos degraus de pedra de uma casa, que havia no meio do último jardim que atravessara.

Olhou para trás; não viu ninguém; o perseguidor não o acompanhara até ali. Podia vir, entretanto; Duarte ergueu-se a custo, subiu os quatro degraus que lhe faltavam, e entrou na casa, cuja porta, aberta, dava para uma sala pequena e baixa.

Um homem que ali estava, lendo um número do *Jornal do Comércio*, pareceu não o ter visto entrar. Duarte caiu numa cadeira. Fitou os olhos no homem. Era o major Lopo Alves.

O major, empunhando a folha, cujas dimensões iam-se tornando extremamente exíguas, exclamou repentinamente:

— Anjo do céu, estás vingado! Fim do último quadro.

Duarte olhou para ele, para a mesa, para as paredes, esfregou os olhos, respirou à larga.

— Então! Que tal lhe pareceu?

— Ah! excelente! respondeu o bacharel, levantando-se.

— Paixões fortes, não?

— Fortíssimas. Que horas são?

— Deram duas agora mesmo.

Duarte acompanhou o major até a porta, respirou ainda uma vez, apalpou-se, foi até a janela. Ignora-se o que pensou durante os primeiros minutos; mas, ao cabo de um quarto de hora, eis o que ele dizia consigo: — Ninfa, doce amiga, fantasia inquieta e fértil, tu me salvaste de uma ruim peça com um sonho original, substituíste-me o tédio por um pesadelo: foi um bom negócio. Um negócio e uma grave lição: provaste-me que muitas vezes o melhor drama está no espectador e não no palco.

A segunda vida
Machado de Assis

Monsenhor Caldas interrompeu a narração do desconhecido:
— Dá licença? É só um instante.
Levantou-se, foi ao interior da casa, chamou o preto velho que o servia, e disse-lhe em voz baixa:
— João, vai ali à estação de urbanos, fala da minha parte ao comandante, e pede-lhe que venha cá com um ou dois homens, para livrar-me de um sujeito doido. Anda, vai depressa.
E, voltando à sala:
— Pronto, disse ele; podemos continuar.
— Como ia dizendo a Vossa Reverendíssima, morri no dia vinte de março de 1860, às cinco horas e quarenta e três minutos da manhã. Tinha então sessenta e oito anos de idade. Minha alma voou pelo espaço, até perder a terra de vista, deixando muito abaixo a lua, as estrelas e o sol; penetrou finalmente num espaço em que não havia mais nada, e era clareado tão somente por uma luz difusa. Continuei a subir, e comecei a ver um pontinho mais luminoso ao

longe, muito longe. O ponto cresceu, fez-se sol. Fui por ali dentro, sem arder, porque as almas são incombustíveis. A sua pegou fogo alguma vez?

— Não, senhor.

— São incombustíveis. Fui subindo, subindo; na distância de quarenta mil léguas, ouvi uma deliciosa música, e logo que cheguei a cinco mil léguas desceu um enxame de almas, que me levaram num palanquim feito de éter e plumas. Entrei daí a pouco no novo sol, que é o planeta dos virtuosos da terra. Não sou poeta, monsenhor; não ouso descrever-lhe as magnificências daquela estância divina. Poeta que fosse, não poderia, usando a linguagem humana, transmitir-lhe a emoção da grandeza, do deslumbramento, da felicidade, os êxtases, as melodias, os arrojos de luz e cores, uma cousa indefinível e incompreensível. Só vendo. Lá dentro é que soube que completava mais um milheiro de almas; tal era o motivo das festas extraordinárias que me fizeram, e que duraram dois séculos, ou, pelas nossas contas, quarenta e oito horas. Afinal, concluídas as festas, convidaram-me a tornar à terra para cumprir uma vida nova; era o privilégio de cada alma que completava um milheiro. Respondi agradecendo e recusando, mas não havia recusar. Era uma lei eterna. A única liberdade que me deram foi a escolha do veículo; podia nascer príncipe ou condutor de ônibus. Que fazer? Que faria Vossa Reverendíssima no meu lugar?

— Não posso saber; depende...

— Tem razão; depende das circunstâncias. Mas imagine que as minhas eram tais que não me davam gosto a tornar cá. Fui vítima da inexperiência, monsenhor, tive uma velhice ruim, por essa razão. Então lembrou-me que sempre ouvira dizer a meu pai e outras pessoas mais velhas, quando viam algum rapaz: — "Quem me dera aquela idade, sabendo o que sei hoje!" Lembrou-me isto, e declarei que me era indiferente nascer mendigo ou potentado, com a condição de nascer experiente. Não imagina o riso universal com que me ouviram. Jó, que ali preside a província dos pacientes, disse-me que um tal desejo era disparate; mas eu teimei e venci. Daí a pouco escorreguei no espaço: gastei nove meses a atravessá-lo até cair nos braços de uma ama de leite, e chamei-me José Maria. Vossa Reverendíssima é Romualdo, não?

— Sim, senhor; Romualdo de Souza Caldas.
— Será parente do padre Souza Caldas?
— Não, senhor.
— Bom poeta o padre Caldas. Poesia é um dom; eu nunca pude compor uma décima. Mas, vamos ao que importa. Conto-lhe primeiro o que me sucedeu; depois lhe direi o que desejo de Vossa Reverendíssima. Entretanto, se me permitisse ir fumando...

Monsenhor Caldas fez um gesto de assentimento, sem perder de vista a bengala que José Maria conservava atravessada sobre as pernas. Este preparou vagarosamente um cigarro. Era um homem de trinta e poucos anos, pálido, com um olhar ora mole e apagado, ora inquieto e centelhante. Aparecu ali, tinha o padre acabado de almoçar, e pediu-lhe uma entrevista para negócio grave e urgente. Monsenhor fê-lo entrar e sentar-se; no fim de dez minutos, viu que estava com um lunático. Perdoava-lhe a incoerência das ideias ou o assombroso das invenções; podia ser até que lhe servissem de estudo. Mas o desconhecido teve um assomo de raiva, que meteu medo ao pacato clérigo. Que podiam fazer ele e o preto, ambos velhos, contra qualquer agressão de um homem forte e louco? Enquanto esperava o auxílio policial, monsenhor Caldas desfazia-se em sorrisos e assentimentos de cabeça, espantava-se com ele, alegrava-se com ele, política útil com os loucos, as mulheres e os potentados. José Maria acendeu finalmente o cigarro, e continuou:

A segunda vida

— Renasci em cinco de janeiro de 1861. Não lhe digo nada da nova meninice, porque aí a experiência teve só uma forma instintiva. Mamava pouco; chorava o menos que podia para não apanhar pancada. Comecei a andar tarde, por medo de cair, e daí me ficou uma tal ou qual fraqueza nas pernas. Correr e rolar, trepar nas árvores, saltar paredões, trocar murros, cousas tão úteis, nada disso fiz, por medo de contusão e sangue. Para falar com franqueza, tive uma infância aborrecida, e a escola não o foi menos. Chamavam-me tolo e moleirão. Realmente, eu vivia fugindo de tudo. Creia que durante esse tempo não escorreguei, mas também não corria nunca. Palavra, foi um tempo de aborrecimento; e, comparando as cabeças quebradas de outro tempo com o tédio de hoje, antes as cabeças quebradas. Cresci; fiz-me rapaz, entrei no período dos amores... Não se assuste; serei casto, como a primeira ceia. Vossa Reverendíssima sabe o que é uma ceia de rapazes e mulheres?

— Como quer que saiba?...

— Tinha dezenove anos, continuou José Maria, e não imagina o espanto dos meus amigos, quando me declarei pronto a ir a uma tal ceia... Ninguém esperava tal cousa de um rapaz tão cauteloso, que fugia de tudo, dos sonos atrasados, dos sonos excessivos, de andar sozinho a horas mortas, que vivia, por assim dizer, às apalpadelas. Fui à ceia; era no Jardim Botânico, obra esplêndida. Comidas, vinhos, luzes, flores, alegria dos rapazes, os olhos das damas, e, por cima de tudo, um apetite de vinte anos. Há de crer que não comi nada? A lembrança de três indigestões apanhadas quarenta anos antes, na primeira vida, fez-me recuar. Menti, dizendo que estava indisposto. Uma das damas veio sentar-se à minha direita, para curar-me; outra levantou-se também e veio para a minha esquerda, com o mesmo fim. "Você cura de um lado, eu curo do outro", disseram elas. Eram lépidas, frescas, astuciosas, e tinham fama de devorar o coração e a vida dos rapazes. Confesso-lhe que fiquei com medo e retraí-me. Elas fizeram tudo, tudo; mas em vão. Vim de lá de manhã, apaixonado por ambas, sem nenhuma delas, e caindo de fome. Que lhe parece? concluiu José Maria pondo as mãos nos joelhos, e arqueando os braços para fora.

— Com efeito...

— Não lhe digo mais nada; Vossa Reverendíssima adivinhará o resto. A minha segunda vida é assim uma mocidade expansiva e impetuosa, enfreada por uma experiência virtual e tradicional. Vivo como Eurico[1], atado ao próprio cadáver... Não, a comparação não é boa. Como lhe parece que vivo?

— Sou pouco imaginoso. Suponho que vive assim como um pássaro, batendo as asas e amarrado pelos pés...

— Justamente. Pouco imaginoso? Achou a fórmula; é isso mesmo. Um pássaro, um grande pássaro, batendo as asas, assim...

José Maria ergueu-se, agitando os braços, à maneira de asas. Ao erguer-se, caiu-lhe a bengala no chão; mas ele não deu por ela. Continuou a agitar os braços, em pé, defronte do padre, e a dizer que era isso mesmo, um pássaro, um grande pássaro... De cada vez que batia os braços nas coxas, levantava os calcanhares, dando ao corpo uma cadência de movimentos, e conservava os pés unidos, para mostrar que os tinha amarrados. Monsenhor aprovava de cabeça; ao mesmo tempo afiava as orelhas para ver se ouvia passos na escada. Tudo silêncio. Só lhe chegavam os rumores de fora: — carros e carroças que desciam, quitandeiras apregoando legumes e um piano da vizinhança. José Maria sentou-se finalmente, depois de apanhar a bengala, e continuou nestes termos:

---

1 Referência ao protagonista do romance *Eurico, o Presbítero*, do escritor português Alexandre Herculano (1810-1877). (N.E.)

— Um pássaro, um grande pássaro. Para ver quanto é feliz a comparação, basta a aventura que me traz aqui, um caso de consciência, uma paixão, uma mulher, uma viúva, D. Clemência. Tem vinte e seis anos, uns olhos que não acabam mais, não digo no tamanho, mas na expressão, e duas pinceladas de buço, que lhe completam a fisionomia. É filha de um professor jubilado. Os vestidos pretos ficam-lhe tão bem que eu às vezes digo-lhe, rindo, que ela não enviuvou senão para andar de luto. Caçoadas! Conhecemo-nos há um ano, em casa de um fazendeiro de Cantagalo. Saímos namorados um do outro. Já sei o que me vai perguntar: por que é que não nos casamos, sendo ambos livres...

— Sim, senhor.

— Mas, homem de Deus! É essa justamente a matéria da minha aventura. Somos livres, gostamos um do outro, e não nos casamos: tal é a situação tenebrosa que venho expor a Vossa Reverendíssima, e que a sua teologia, ou o que quer que seja, explicará, se puder. Voltamos para a Corte, namorados. Clemência morava com o velho pai, e um irmão empregado no comércio; relacionei-me com ambos, e comecei a frequentar a casa, em Matacavalos. Olhos, apertos de mão, palavras soltas, outras ligadas, uma frase, duas frases, e estávamos amados e confessados. Uma noite, no patamar da escada, trocamos o primeiro beijo... Perdoe estas cousas, monsenhor; faça de conta que me está ouvindo de confissão. Nem eu lhe digo isto senão para acrescentar que saí dali tonto, desvairado, com a imagem de Clemência na cabeça e o sabor do beijo na boca. Errei cerca de duas horas, planeando uma vida única; determinei pedir-lhe a mão no fim da semana, e casar daí a um mês. Cheguei às derradeiras minúcias, cheguei a redigir e ornar de cabeça as cartas de participação. Entrei em casa depois de meia-noite, e toda essa fantasmagoria voou, como as mutações à vista nas antigas peças de teatro. Veja se adivinha como.

— Não alcanço...

— Considerei, no momento de despir o colete, que o amor podia acabar depressa; tem-se visto algumas vezes. Ao descalçar as botas, lembrou-me cousa pior: — podia ficar o fastio. Concluí a *toilette* de dormir, acendi um cigarro, e, reclinado no canapé, pensei que o costume, a convivência podia salvar tudo; mas, logo depois, adverti que as duas índoles podiam ser incompatíveis; e que fazer com duas índoles incompatíveis e inseparáveis? Mas, enfim, dei de barato tudo isso, porque a paixão era grande, violenta; considerei-me casado, com uma linda criancinha... Uma? duas, seis, oito; podiam vir oito, podiam vir dez, algumas aleijadas. Também podia vir uma crise, duas crises, falta de dinheiro, penúria, doenças; podia vir alguma dessas afeições espúrias que perturbam a paz doméstica... Considerei tudo e concluí que o melhor era não casar. O que não lhe posso contar é o meu desespero; faltam-me expressões para lhe pintar o que padeci nessa noite... Deixa-me fumar outro cigarro?

Não esperou resposta, fez o cigarro, e acendeu-o. Monsenhor não podia deixar de admirar-lhe a bela cabeça, no meio do desalinho próprio do estado; ao mesmo tempo notou que ele falava em termos polidos, e que, apesar dos rompantes mórbidos, tinha maneiras. Quem diabo podia ser esse homem? José Maria continuou a história, dizendo que deixou de ir à casa de Clemência, durante seis dias, mas não resistiu às cartas e às lágrimas. No fim de uma semana correu para lá, e confessou-lhe tudo, tudo. Ela ouviu-o com muito interesse, e quis saber o que era preciso para acabar com tantas cismas, que prova de amor queria que ela lhe desse. A resposta de José Maria foi uma pergunta.

— Está disposta a fazer-me um grande sacrifício? disse-lhe eu. Clemência jurou que sim. "Pois bem, rompa com tudo, família e sociedade; venha morar comigo; casamo-nos depois desse noviciado." Compreendo que Vossa Reverendíssima arregale os olhos. Os dela encheram-se de lágrimas; mas apesar de humilhada, aceitou tudo. Vamos; confesse que sou um monstro.

— Não, senhor...

— Como não? Sou um monstro. Clemência veio para minha casa, e não imagina as festas com que a recebi. "Deixo tudo, disse-me ela; você é para mim o universo." Eu beijei-lhe os pés, beijei-lhe os tacões dos sapatos. Não imagina o meu contentamento. No dia seguinte, recebi uma carta tarjada de preto; era a notícia da morte de um tio meu, em Santa Ana do Livramento, deixando-me vinte mil contos. Fiquei fulminado. "Entendo, disse a Clemência, você sacrificou tudo, porque tinha notícia da herança." Desta vez, Clemência não chorou, pegou em si e saiu. Fui atrás dela, envergonhado, pedi-lhe perdão; ela resistiu. Um dia, dois dias, três dias, foi tudo vão; Clemência não cedia nada, não falava sequer. Então declarei-lhe que me mataria; comprei um revólver, fui ter com ela, e apresentei-lho: é este.

Monsenhor Caldas empalideceu. José Maria mostrou-lhe o revólver, durante alguns segundos, tornou a metê-lo na algibeira, e continuou:

— Cheguei a dar um tiro. Ela, assustada, desarmou-me e perdoou-me. Ajustamos precipitar o casamento, e, pela minha parte, impus uma condição: doar os vinte mil contos à Biblioteca Nacional. Clemência atirou-se-me aos braços, e aprovou-me com um beijo. Dei os vinte mil contos. Há de ter lido nos jornais... Três semanas depois casamo-nos. Vossa Reverendíssima respira como quem chegou ao fim. Qual! Agora é que chegamos ao trágico. O que posso fazer é abreviar umas particularidades e suprimir outras; restrinjo-me a Clemência. Não lhe falo de outras emoções truncadas, que são todas as minhas, abortos de prazer, planos que se esgarçam no ar, nem das ilusões de saia rota, nem do tal pássaro... plas... plas... plas...

E, de um salto, José Maria ficou outra vez de pé, agitando os braços, e dando ao corpo uma cadência. Monsenhor Caldas começou a suar frio. No fim de alguns segundos, José Maria parou, sentou-se, e reatou a narração, agora mais difusa, mais derramada, evidentemente mais delirante. Contava os sustos em que vivia, desgostos e desconfianças. Não podia comer um figo às dentadas, como outrora: o receio do bicho diminuía-lhe o sabor. Não cria nas caras alegres da gente que ia pela rua: preocupações, desejos, ódios, tristezas, outras cousas, iam dissimuladas por umas três quartas partes delas. Vivia a temer um filho cego ou surdo-mudo, ou tuberculoso, ou assassino etc. Não conseguia dar um jantar que não ficasse triste logo depois da sopa, pela ideia de que uma palavra sua, um gesto da mulher, qualquer falta de serviço podia sugerir o epigrama digestivo, na rua, debaixo de um lampião. A experiência dera-lhe o terror de ser empulhado. Confessava ao padre que, realmente, não tinha até agora lucrado nada; ao contrário, perdera até, porque fora levado ao sangue... Ia contar-lhe o caso do sangue. Na véspera, deitara-se cedo, e sonhou... Com quem pensava o padre que ele sonhou?

— Não atino...

— Sonhei que o Diabo lia-me o Evangelho. Chegando ao ponto em que Jesus fala dos lírios do campo, o Diabo colheu alguns e deu-mos. "Toma, disse-me ele; são os lírios da Escritura; segundo ouviste, nem Salomão, em toda a pompa, pode ombrear com eles. Salomão é a sapiência. E sabes o que são estes lírios, José? São os teus vinte anos." Fitei-os, encantado; eram lindos como não imagina. O Diabo pegou deles, cheirou-os e disse-me que os cheirasse também. Não lhe digo nada: no momento de os chegar ao nariz, vi sair de dentro um réptil fedorento e torpe, dei um grito, e arrojei para longe as flores. Então, o Diabo, escancarando uma formidável gargalhada: "José Maria, são os teus vinte anos". Era uma gargalhada assim: — cá, cá, cá, cá, cá...

José Maria ria à solta, ria de um modo estridente e diabólico. De repente, parou; levantou-se e contou que, tão depressa abriu os olhos, como viu a mulher diante dele aflita e desgrenhada. Os olhos de Clemência eram doces, mas ele disse-lhe que os olhos doces também fazem mal. Ela arrojou-se-lhe aos pés... Neste ponto a fisionomia de José Maria estava tão transtornada que o padre, também de pé, começou a recuar, trêmulo e pálido. "Não, miserável! não! tu não me fugirás!" bradava José Maria, investindo para ele. Tinha os olhos esbugalhados, as têmporas latejantes; o padre ia recuando... recuando... Pela escada acima ouvia-se um rumor de espadas e de pés.

Machado de Assis, nascido em 1839 no Rio de Janeiro, é um dos maiores escritores brasileiros. Embora não seja um típico escritor de humor, seus livros se caracterizam por uma ironia sempre sutil, mas profunda, como comprovam as obras *Memórias póstumas de Brás Cubas* e *Dom Casmurro*. Ele escreveu: "Há pessoas que não sabem, ou não se lembram de raspar a casca do riso para ver o que há dentro". Faleceu em 1908, no Rio de Janeiro.

**Stanislaw
Ponte Preta**

Prova falsa
Stanislaw Ponte Preta

Quem teve a ideia foi o padrinho da caçula — ele me conta. Trouxe o cachorro de presente e logo a família inteira se apaixonou pelo bicho. Ele até que não é contra isso de se ter um animalzinho em casa, desde que seja obediente e com um mínimo de educação.

— Mas o cachorro era um chato — desabafou.

Desses cachorrinhos de raça, cheio de nhem-nhem-nhem, que comem comidinha especial, precisam de muitos cuidados, enfim, um chato de galocha. E, como se isto não bastasse, implicava com o dono da casa.

— Vivia de rabo abanando para todo mundo, mas, quando eu entrava em casa, vinha logo com aquele latido fininho e antipático de cachorro de francesa.

Ainda por cima era puxa-saco. Lembrava certos políticos da oposição, que espinafram o ministro, mas quando estão com o ministro ficam mais por baixo que tapete de porão. Quando cruzavam num corredor ou qualquer outra dependência da casa, o desgraçado rosnava ameaçador, mas quando a patroa estava perto abanava o rabinho, fingindo-se seu amigo.

— Quando eu reclamava, dizendo que o cachorro era um cínico, minha mulher brigava comigo, dizendo que nunca houve cachorro fingido e eu é que implicava com o "pobrezinho".

Num rápido balanço poderia assinalar: o cachorro comeu oito meias suas, roeu a manga de um paletó de casimira inglesa, rasgara diversos livros, não podia ver um pé de sapato que arrastava para locais incríveis. A vida lá em sua casa estava se tornando insuportável. Estava vendo a hora em que se desquitava por causa daquele bicho cretino. Tentou mandá-lo embora umas vinte vezes e era uma choradeira das crianças e uma espinafração da mulher.

— Você é um desalmado — disse ela, uma vez.

Venceu a guerra fria[1] com o cachorro graças à má-educação do adversário. O cãozinho começou a fazer pipi onde não devia. Várias vezes exemplado, prosseguiu no feio vício. Fez diversas vezes no tapete da sala. Fez duas na boneca da filha maior. Quatro ou cinco vezes fez nos brinquedos da caçula. E tudo culminou com o pipi que fez em cima do vestido novo de sua mulher.

— Aí mandaram o cachorro embora? — perguntei.

— Mandaram. Mas eu fiz questão de dá-lo de presente a um amigo que adora cachorros. Ele está levando um vidão em sua nova residência.

— Ué... mas você não o detestava? Como é que ainda arranjou essa sopa pra ele?

— Problema de consciência — explicou: — O pipi não era dele.

E suspirou cheio de remorso.

---

[1] Referência ao período histórico entre o final da Segunda Guerra Mundial (1945) e a queda do Muro de Berlim (1989), em que o mundo dividiu-se em dois blocos de silencioso confronto: o capitalista, comandado pelos Estados Unidos, e o socialista, pela então União Soviética. (N.E.)

Conversa de viajantes
Stanislaw Ponte Preta

É muito interessante a mania que têm certas pessoas de comentar episódios que viveram em viagens, com descrições de lugares e coisas, na base de "imagine você que...". Muito interessante também é o ar superior que cavalheiros, menos providos de espírito pouquinha coisa, costumam ostentar depois que estiveram na Europa ou nos Estados Unidos (antigamente até Buenos Aires dava direito a empáfia). Aliás, em relação a viajantes, ocorrem episódios que, contando, ninguém acredita.

O camarada que tinha acabado de chegar de Paris e — por sinal — com certa humildade, estava sentado numa poltrona, durante a festinha, quando a dona da casa veio apresentá-lo a um cavalheiro gordote, de bigodinho empinado, que logo se sentou a seu lado e começou a "boquejar" (como diz o Grande Otelo[1]):

---

[1] Pseudônimo de Sebastião Bernardes de Souza Prata (1915-1993), ator, cantor e compositor brasileiro que fez muito sucesso no cinema e na televisão. (N.E.)

— Quer dizer que está vindo de Paris, hem? — arriscou.

O que tinha vindo fez um ar modesto: — É!!!

— Naturalmente o amigo não se furtou ao prazer de ir visitar o Palácio de Versalhes.

— Não. Não estive em Versalhes. Era muito longe do hotel onde me hospedei.

— Mas o amigo cometeu a temeridade de não ficar no Plaza Athénée?

O que não ficara no Plaza Athénée deu uma desculpa, explicou que o seu hotel fora reservado pela cia. onde trabalha e, por isso, não tivera vez na escolha.

— Bem — concordou o gordinho —, o Plaza realmente é um pouco caro, mas é muito central e há outros hotéis mais modestos que ficam perto do Plaza. — E depois de acender um cigarro, lascou: — Passeou pelo Bois?

— Passei pelo Bois uma vez, de táxi.

— Mas o amigo vai me desculpar a franqueza; o amigo bobeou. Não há nada mais lindo do que um passeio a pé pelo Bois de Boulogne, ao cair da tarde. E não há nada mais parisiense também.

— É... eu já tinha ouvido falar nisso. Mas havia outras coisas a fazer.

— Claro... claro... Há coisas mais importantes, principalmente no setor das artes — e sem tomar o menor fôlego:

— Visitou o Louvre?...

— Visitei.

— Viu a *Gioconda*[2]?

Não. O recém-chegado não tinha visto a *Gioconda*. No dia em

---

2 Referência ao quadro *La Gioconda*, também conhecido como *Mona Lisa*, obra mais famosa do artista italiano Leonardo da Vinci (1452-1519). (N.E.)

que esteve no Louvre, a *Gioconda* não estava em exposição.

— Mas o senhor prevaricou — disse o gordinho, quase zangado.
— A *Gioconda* só está em exposição às quintas e sábados e ir ao Louvre noutros dias é negar a si mesmo uma comunhão maior com as artes.

Passou uma senhora, cumprimentou o ex-viajante e, mal ela foi em frente, nova pergunta do cara:

— E a comida de Paris, hem amigo? Você jantava naqueles bistrozinhos de Saint-Germain? Ou preferia os restaurantes típicos de Montmartre? Há um bistrô que fica numa transversal da Rue de...

Mas não pôde acabar de esclarecer qual era a rua, porque o interrogado foi logo afirmando que jantara quase sempre no hotel. E sua paciência se esgotou quando o chato quis saber que tal achara as mulheres do Lido.

— Eu não fui ao Lido também. O senhor compreende. Eu estive em Paris a serviço e sou um homem de poucas posses. Quase não tinha tempo para me distrair. De mais a mais, lá é tudo muito caro.

— Caríssimo — confirmou o gordinho, sem se mancar.

— O senhor, naturalmente, esteve lá a passeio e pôde fazer essas coisas todas — aventou, como quem se desculpa.

Foi aí que o gordinho botou a mãozinha rechonchuda sobre o peito e exclamou: — Eu??? Mas eu nunca estive em Paris.

Stanislaw Ponte Preta é o pseudônimo do jornalista carioca Sérgio Porto, nascido em 1923. Frequentador da cena carioca dos anos 1950-60, ele é até hoje lembrado ao se falar de humor: tanto que um de seus livros mais conhecidos é *Febeapá*, sigla de "Festival de besteira que assola o país". Stanislaw faleceu em 1968, no Rio de Janeiro.

Conversa de viajantes

Lima Barreto

Um músico extraordinário
Lima Barreto

Quando andávamos juntos no colégio, Ezequiel era um franzino menino de quatorze ou quinze anos, triste, retraído, a quem os folguedos colegiais não atraíam. Não era visto nunca jogando barra, carniça, quadrado, peteca, ou qualquer outro jogo dentre aqueles velhos brinquedos de internato que hoje não se usam mais. O seu grande prazer era a leitura e, dos livros, os que mais gostava eram os de Júlio Verne. Quando todos nós líamos José de Alencar, Macedo, Aluísio e, sobretudo, o infame Alfredo Gallis[1], ele lia a *Ilha misteriosa*, o *Heitor Servadac*, as *Cinco semanas em um balão* e, com mais afinco, as *20 mil léguas submarinas*[2].

Dir-se-ia que a sua alma ansiava por estar só com ela mesma, mergulhada, como o Capitão Nemo do romance vernesco, no seio do mais misterioso dos elementos da nossa misteriosa Terra.

---

1 Referência aos escritores brasileiros José de Alencar (1829-1877), Joaquim Manuel de Macedo (1820-1882), Aluísio Azevedo (1857-1913) e Joaquim Alfredo Gallis (1859-1910). (N.E.)
2 Referência a quatro das mais famosas obras do escritor francês Júlio Verne (1828-1905). (N.E.)

Nenhum colega o entendia, mas todos o estimavam, porque era bom, tímido e generoso. E porque ninguém o entendesse, nem as suas leituras, ele vivia consigo mesmo; e, quando não estudava as lições, de que dava boas contas, lia seu autor predileto.

Quem poderia pôr na cabeça daquelas crianças fúteis pela idade e cheias de anseios de carne para puberdade exigente, o sonho que o célebre autor francês instila nos cérebros dos meninos que se apaixonam por ele, e o bálsamo que os seus livros dão aos delicados que prematuramente adivinham a injustiça e a brutalidade da vida?

O que faz o encanto da meninice, não é que essa idade seja melhor ou pior que as outras. O que a faz encantadora e boa é que, durante esse período da existência, nossa capacidade de sonho é maior e mais força temos em identificar os nossos sonhos com a nossa vida. Penso, hoje, que o meu colega Ezequiel tinha sempre no bolso um canivete, no pressuposto de, se viesse a cair em uma ilha deserta, possuir à mão aquele instrumento indispensável para o imediato arranjo de sua vida; e aquele meu outro colega Sanches andava sempre com uma nota de dez tostões, para, no caso de arranjar a "sua" namorada, ter logo em seu alcance o dinheiro com que lhe comprasse um ramilhete.

Era, porém, falar ao Ezequiel em *Heitor Servadac*, e logo ele se punha entusiasmado e contava toda a novela do mestre de Nantes. Quando acabava, tentava então outra; mas os colegas fugiam um a um, deixavam-no só com o seu Júlio Verne, para irem fumar um cigarro às escondidas.

Então, ele procurava o mais afastado dos bancos do recreio, e deixava-se ficar lá, só, imaginando, talvez, futuras viagens que havia de fazer, para repassar as aventuras de Roberto Grant, de Haterras, de Passepartout, de Keraban, de Miguel Strogoff, de Cesar Cascavel, de Phileas Fogg e mesmo daquele curioso dr. Lindenbrock, que entra pela cratera extinta de Sueffels, na desolada Islândia, e vem à superfície da Terra, num ascensor de lavas, que o Stromboli vomita nas terras risonhas que o Mediterrâneo afaga...[3]

Saímos do internato quase ao mesmo tempo e, durante algum, ainda nos vimos; mas, bem depressa, perdemo-nos de vista.

Passaram-se anos e eu já o havia de todo esquecido, quando, no ano passado, vim a encontrá-lo em circunstâncias bem singulares. Foi em um domingo. Tomei um bonde do Jardim, aí, na Avenida, para visitar um amigo, e, com ele, jantar em família. Ia ler-me um poema; ele era engenheiro hidráulico.

Como todo o sujeito que é rico, ou se supõe, ou quer passar com tal, o meu amigo morava para as bandas de Botafogo.

Ia satisfeito, pois de há muito não me perdia por aquelas bandas da cidade e me aborrecia com a monotonia dos meus dias, vendo as mesmas paisagens e olhando sempre as mesmas fisionomias. Fugiria, assim, por algumas horas, à fadiga visual de contemplar as montanhas desnudadas que marginam a Central, da estação inicial até Cascadura. Morava eu nos subúrbios. Fui visitar, portanto, o meu amigo, naquele Botafogo catita, meca das ambições dos nortistas, dos sulistas e dos... cariocas.

Sentei-me nos primeiros bancos; já havia passado o Lírico e entrávamos na rua 13 de Maio, quando, no banco atrás do meu, se levantou uma altercação com o condutor, uma dessas vulgares altercações comuns nos nossos bondes.

— Ora, veja lá com quem fala! — dizia um.

— Faça o favor de pagar a sua passagem — retorquia o recebedor.

— Tome cuidado — acudia o outro. — Olhe que não trata com nenhum cafajeste! Veja lá!

---

3 O parágrafo faz referência a personagens e episódios das obras de Júlio Verne. (N.E.)

— Pague a passagem, senão o carro não segue.

E como eu me virasse, por esse tempo, a ver melhor tão patusco caso, dei com a fisionomia do disputador, que me pareceu vagamente minha conhecida. Não tive de fazer esforços de memória. Como uma ducha, ele me interpelou desta forma:

— Vejas tu só, Mascarenhas, como são as coisas! Eu, um artista, uma celebridade, cujos serviços a este país são inestimáveis, vejo-me agora maltratado por esse brutamonte que exige de mim, desaforadamente, a paga de uma quantia ínfima, como se eu fosse da laia dos que pagam.

Àquela voz, de súbito, pois ainda não sabia bem quem me falava, reconheci o homem: era o Ezequiel Beiriz.

Paguei-lhe a passagem, pois não sendo celebridade, nem artista, podia perfeitamente e sem desdouro pagar quantias ínfimas; o veículo seguiu pacatamente o seu caminho, levando o meu espanto e a minha admiração pela transformação que se havia dado no temperamento do meu antigo colega de colégio. Pois era aquele parlapatão o tímido Ezequiel?

Pois aquele presunçoso que não era da laia dos que pagam, era o cismático Ezequiel do Colégio, sempre a sonhar viagens maravilhosas, à Júlio Verne? Que teria havido nele? Ele me pareceu inteiramente são, no momento, e para sempre.

Travamos conversa e mesmo a procurei, para decifrar tão interessante enigma.

— Que diabo, Beiriz! Onde tens andado? Creio que há bem quinze anos que não nos vemos — não é? Onde andastes?

— Ora! Por esse mundo de Cristo. A última vez que nos encontramos... Quando foi mesmo?

— Quando eu ia embarcar para o interior do Estado do Rio, visitar a família.

— É verdade! Tens boa memória... Despedimo-nos no largo do Paço... Ias para Muri — não é isso?
— Exatamente.
— Eu, logo em seguida, parti para o Recife a estudar Direito.
— Estiveste lá este tempo todo?
— Não. Voltei para aqui, logo depois de dois anos passados lá.
— Por quê?
— Aborrecia-me aquela "churumela" de direito... Aquela vida solta de estudantes de província não me agradava... São vaidosos... A sociedade lhes dá muita importância, daí...
— Mas, que tinhas com isso? Fazias vida à parte...
— Qual! Não era bem isso o que eu sentia... Estava era aborrecidíssimo com a natureza daqueles estudos... Queria outros...
— E tentaste?
— Tentar! Eu não tento; eu os faço... Voltei para o Rio a fim de estudar pintura.
— Como não tentas, naturalmente...
— Não acabei. Enfadou-me logo tudo aquilo da Escola de Belas-Artes.
— Por quê?
— Ora! Deram-me uns bonecos de gesso para copiar... Já vistes que tolice? Copiar bonecos de pedaços de bonecos... Eu queria a coisa viva, a vida palpitante...
— É preciso ir aos jornais, começar pelo começo — disse eu sentenciosamente.
— Qual! Isto é para toda gente... Eu vou de um salto; se erro, sou como o tigre diante do caçador — estou morto!
— De forma que...
— Foi o que me aconteceu com a pintura. Por causa dos tais bonecos, errei o salto e a abandonei. Fiz-me repórter, jornalista,

dramaturgo, o diabo! Mas, em nenhuma dessas profissões dei-me bem... Todas elas me desgostavam... Nunca estava contente com o que fazia... Pensei, de mim para mim, que nenhuma delas era a da minha vocação e a do meu amor; e, como sou honesto intelectualmente, não tive nenhuma dor de coração em largá-las e ficar à toa, vivendo ao deus-dará.

— Isto durante muito tempo?

— Algum. Conto-te o resto. Já me dispunha a experimentar o funcionalismo, quando, certo dia, descendo as escadas de uma Secretaria, onde fui levar um pistolão, encontrei um parente afastado que as subia. Deu-me ele a notícia da morte do meu tio rico que me pagava colégio e, durante alguns anos, me dera pensão; mas, ultimamente, a tinha suspendido, devido, dizia ele, a eu não esquentar lugar, isto é, andar de escola em escola, de profissão em profissão.

— Era solteiro esse seu tio?

— Era, e, como já não tivesse mais pai (ele era irmão de meu pai), ficava sendo o seu único herdeiro, pois morreu sem testamento. Devido a isso e mais ulteriores ajustes com a Justiça, fiquei possuidor de cerca de duas centenas e meia de contos.

— Um nababo! Hein?

— De algum modo. Mas escuta, filho! Possuidor dessa fortuna, larguei-me para a Europa a viajar. Antes — é preciso que saibas — fundei aqui uma revista literária e artística — *Vilhara* — em que apresentei as minhas ideias budistas sobre a arte, apesar do que nela publiquei as coisas mais escatológicas possíveis, poemetos ao suicídio, poemas em prosa à Vênus Genitrix[4], junto com sonetos, cantos, glosas de coisas de livros de missa de meninas do colégio de Sion.

— Tudo isto de tua pena?

---

[4] Estátua romana esculpida no século 50 d.C., famosa por sua beleza e sensualidade. (N.E.)

— Não. A minha teoria era uma e a da revista outra, mas publicava as coisas mais antagônicas a ela, porque eram dos amigos.

— Durou muito a tua revista?

— Seis números e custaram-me muito, pois até tricromias publiquei e hás de adivinhar que foram de quadros contrários ao meu ideal búdico. Imagina tu que até estampei uma reprodução dos *Horácios*[5], do idiota do David!

— Foi para encher, certamente?

— Qual! A minha orientação nunca dominou a publicação... Bem! Vamos adiante. Embarquei quase como fugido deste país em que a estética transcendente da renúncia, do aniquilamento do desejo era tão singularmente traduzida em versos fesceninos e escatológicos e em quadros apologéticos da força da guerra. Fui-me embora!

— Para onde?

— Pretendia ficar em Lisboa, mas, em caminho, sobreveio uma tempestade; e deu-me vontade, durante ela, de ir ao piano. Esperava que saísse o *bitu*[6]? Mas, qual não foi o meu espanto, quando de sob os meus dedos surgiu e ecoou todo o tremendo fenômeno meteorológico, toda a sua música terrível... Ah! Como me senti satisfeito! Tinha encontrado a minha vocação... Eu era músico! Poderia transportar, registrar no papel e reproduzi-los artisticamente, com os instrumentos adequados, todos os sons, até ali intraduzíveis pela arte, da Natureza. O bramido das grandes cachoeiras, o marulho soluçante das vagas, o ganido dos grandes ventos, o roncar divino do trovão, estalido do raio — todos esses ruídos, todos esses sons não seriam perdidos para a Arte; e, através do meu cérebro, seriam postos em música, idealizados transcendentalmente, a fim de mais for-

---

[5] Referência ao quadro *O juramento dos Horácios*, do pintor francês Jacques-Louis David (1748-1825). (N.E.)
[6] Referência à canção de ninar "Vem cá, bitu". (N.E.)

Um músico extraordinário

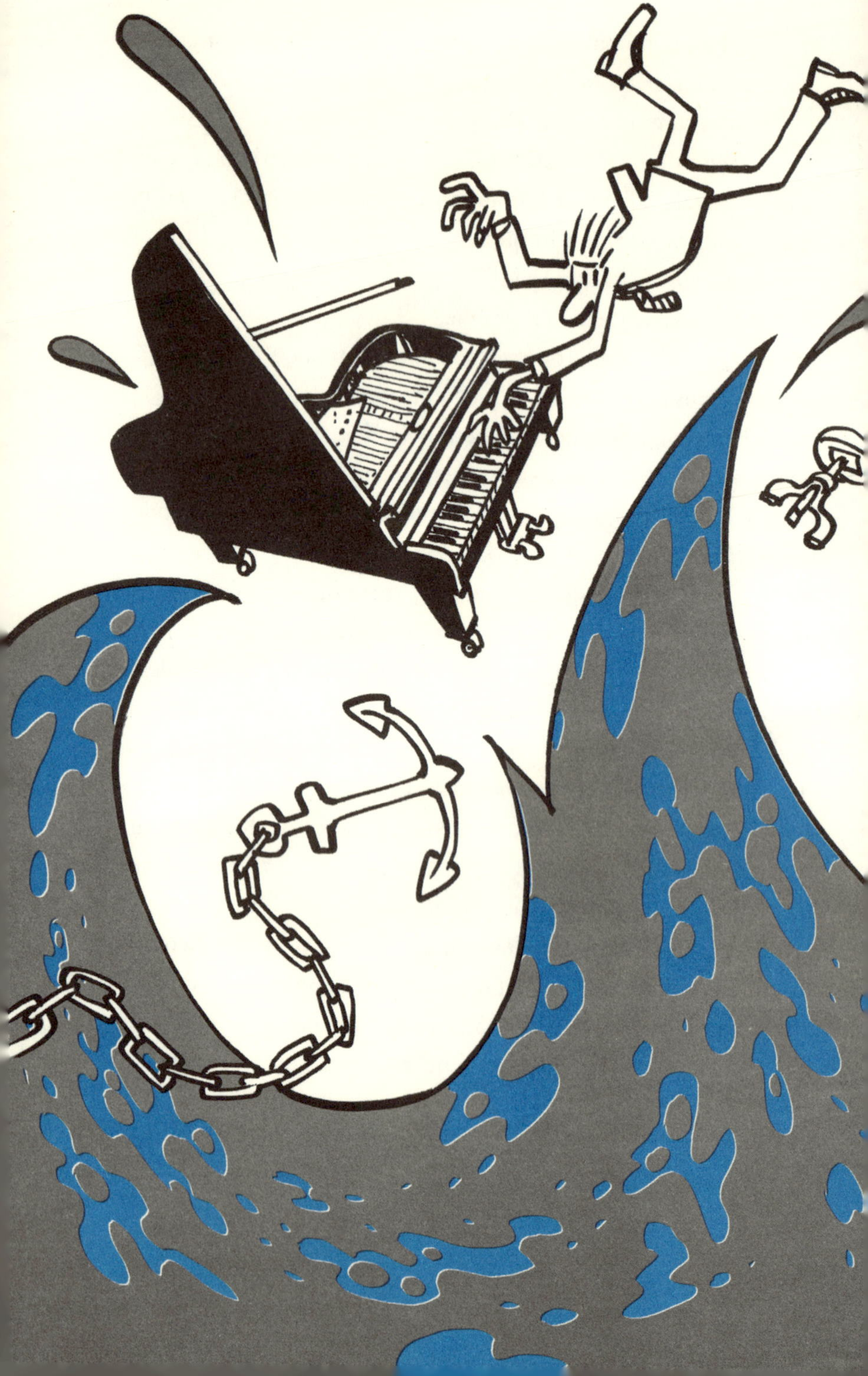

temente, mais intimamente prender o homem à Natureza, sempre boa e sempre fecunda, vária e ondeante; mas...
— Tu sabias música?
— Não. Mas, continuei a viagem até Hamburgo, em cujo Conservatório me matriculei. Não me dei bem nele, passei para o de Dresden, onde também não me dei bem. Procurei o de Munique, que não me agradou. Frequentei o de Paris, o de Milão...
— De modo que deves estar muito profundo em música?
Calou-se meu amigo um pouco e logo respondeu:
— Não. Nada sei, porque não encontrei um Conservatório que prestasse. Logo que o encontre, fica certo que serei um músico extraordinário. Adeus, vou saltar. Adeus! Estimei ver-te.
Saltou e tomou por uma rua transversal, que não me pareceu ser a da sua residência.

Boa medida
Lima Barreto

O faustoso sultão de Kambalu, Abbas I, que tinha por avós em linha direta Manuel José Fernandes, de Trás-os-Montes, reino de Portugal, e Japira, índia de nação potiguara, a qual nação habitou antigamente o império do Brasil e desapareceu, à vista da penúria do seu povo e da fome e da peste que o dizimavam, resolveu certo dia reunir em conclave as pessoas mais gradas do reino, fossem elas de que credo fossem, professassem as teorias que professassem, a fim de se aconselhar e resolver a situação. Vieram um bispo, um mago oriental, um sábio doutor em medicina, uma cartomante, um jurista, um engenheiro e um brâmane.

Abbas I assim falou, abrindo a sessão:

— Meus senhores: todos sabeis o motivo da nossa reunião. É a dor e a piedade pelo meu querido povo que me movem a pedir-vos conselho para lhe dar lenitivo. Falai com franqueza que vos ouvirei com prazer. Falai!

O bispo levantou-se, fez o sinal da cruz, orou durante alguns minutos, contando as contas do rosário e começou:

— *Ad victum quae flagitat usus* — *Omnia jam mortalibus esse parata*[1]. Precisamos de igrejas, conventos, recolhimentos — Majestade!

O MAGO — Não concordo. A luz é tudo, de luz é feito o mundo e Deus. Precisamos mais luz elétrica.

O DOUTOR — Isto tudo é delírio; é pura paranoia, temperada com psicastenia, frenastenia. Na etiologia da peste há duas fases: primeira, a do aparecimento, dúbio, auroral, das auroras claras de maio, que é imperceptível; depois: manifestação ostensiva, horrível, de um belo horrível que só os médicos conhecem. Keats[2] diz: *Our songs are...*

O ENGENHEIRO — Que diabo é isto? Uma encampação é mais útil...

A CARTOMANTE — Vou deitar as cartas...

O JURISTA — Cuidado com a polícia! O Código Penal, no seu livro V, art. 1.824, parágrafo...

O BRÂMANE — Tudo o que vem de mim. O boi, a vaca...

ABBAS I — Ora bolas! Vocês não me aconselham cousa alguma... São uns tagarelas aborrecidos. Vou decidir por mim; vou construir um palácio magnífico. Vão-se embora, e já!

Abbas I cumpriu a sua palavra. Cobriu o reino de impostos; mandou vir jaspe e ouro e mármore e pórfiro; contratou no estrangeiro hábeis arquitetos e operários e construiu o palácio, para enriquecimento de seu povo e extinção das moléstias que o dizimavam.

Acabada a construção, meteu-se nele. Daí a dias, porém, nem mais um criado tinha para servi-lo. Toda a gente do país havia mor-

---

1 Trecho do poema "De rerum natura" ("Sobre a natureza das coisas"), do poeta e filósofo latino Tito Lucrécio Caro (c. 99 a.C.- c. 55 a.C.). (N.E.)
2 Referência ao poeta inglês John Keats (1795-1821). (N.E.)

rido de fome e de moléstia; e ele veio também a morrer de fome porque não havia mais quem plantasse, quem colhesse, quem criasse etc. etc.

Lima Barreto nasceu em 1881, no Rio de Janeiro. A sociedade brasileira ainda mantinha fortes resquícios da escravidão, e ele sofreu muito preconceito por ser mulato. Levou essa questão para sua obra literária: retratava a vida dos oprimidos e, por isso, era desprezado pela crítica, formada pela classe dominante atacada em seus livros. Sua obra mais importante é *Triste fim de Policarpo Quaresma*. O escritor se tornou dependente de álcool e, posteriormente, foi internado num hospício. Faleceu em 1922, no Rio de Janeiro.

Luís Fernando Veríssimo

Atitude suspeita
Luís Fernando Veríssimo

Sempre me intriga a notícia de que alguém foi preso "em atitude suspeita". É uma frase cheia de significados. Existiriam atitudes inocentes e atitudes duvidosas diante da vida e das coisas e qualquer um de nós estaria sujeito a, distraidamente, assumir uma atitude que dá cadeia!

— Delegado, prendemos este cidadão em atitude suspeita.

— Ah, um daqueles, é? Como era a sua atitude?

— Suspeita.

— Compreendo. Bom trabalho, rapazes. E o que é que ele alega?

— Diz que não estava fazendo nada e protestou contra a prisão.

— Hmm. Suspeitíssimo. Se fosse inocente não teria medo de vir dar explicações.

— Mas eu não tenho o que explicar! Sou inocente!

— É o que todos dizem, meu caro. A sua situação é preta. Temos ordem de limpar a cidade de pessoas em atitudes suspeitas.

— Mas eu só estava esperando o ônibus!

— Ele fingia que estava esperando um ônibus, delegado. Foi o que despertou a nossa suspeita.

— Ah! Aposto que não havia nem uma parada de ônibus por perto. Como é que ele explicou isso?

— Havia uma parada sim, delegado. O que confirmou a nossa suspeita. Ele obviamente escolheu uma parada de ônibus para fingir que esperava o ônibus sem despertar suspeita.

— E o cara de pau ainda se declara inocente! Quer dizer que passava ônibus, passava ônibus e ele ali fingindo que o próximo é que era o dele? A gente vê cada uma...

— Não senhor, delegado. No primeiro ônibus que apareceu ele ia subir, mas nós agarramos ele primeiro.

— Era o meu ônibus, o ônibus que eu pego todos os dias para ir pra casa! Sou inocente!

— É a segunda vez que o senhor se declara inocente, o que é muito suspeito. Se é mesmo inocente, por que insistir tanto que é?

— E se eu me declarar culpado, o senhor vai me considerar inocente?

— Claro que não. Nenhum inocente se declara culpado, mas todo culpado se declara inocente. Se o senhor é tão inocente assim, por que estava tentando fugir?

— Fugir, como?

— Fugir no ônibus. Quando foi preso.

— Mas eu não tentava fugir. Era o meu ônibus, o que eu tomo sempre!

— Ora, meu amigo. O senhor pensa que alguém aqui é criança? O senhor estava fingindo que esperava um ônibus, em atitude suspeita, quando suspeitou destes dois agentes da lei ao seu lado. Tentou fugir e...

— Foi isso mesmo. Isso mesmo! Tentei fugir deles.

— Ah, uma confissão!

— Porque eles estavam em atitude suspeita, como o delegado acaba de dizer.

— O quê? Pense bem no que o senhor está dizendo. O senhor acusa estes dois agentes da lei de estarem em atitude suspeita?

— Acuso. Estavam fingindo que esperavam um ônibus e na verdade estavam me vigiando. Suspeitei da atitude deles e tentei fugir!

— Delegado...

— Calem-se! A conversa agora é outra. Como é que vocês querem que o público nos respeite se nós também andamos por aí em atitude suspeita? Temos que dar o exemplo. O cidadão pode ir embora. Está solto. Quanto a vocês...

— Delegado, com todo o respeito, achamos que esta atitude, mandando soltar um suspeito que confessou estar em atitude suspeita, é um pouco...

— Um pouco? Um pouco?

— Suspeita.

O casamento
Luís Fernando Veríssimo

— Eu quero ter um casamento tradicional, papai.
— Sim, minha filha.
— Exatamente como você!
— Ótimo.
— Que música tocaram no casamento de vocês?
— Não tenho certeza, mas acho que era Mendelssohn[1]. Ou Mendelssohn é o da Marcha Fúnebre? Não, era Mendelssohn mesmo.
— Mendelssohn, Mendelssohn... Acho que não conheço. Canta alguma coisa dele aí.
— Ah, não posso, minha filha. Era o que o órgão tocava em todos os casamentos, no meu tempo.
— O nosso não vai ter órgão, é claro.

---

[1] Referência ao compositor e maestro alemão Felix Mendelssohn (1809-1847). A célebre marcha nupcial faz parte de sua obra *Sonho de uma noite de verão*. (N.E.)

— Ah, não?

— Não. Um amigo do Varum tem um sintetizador eletrônico e ele vai tocar na cerimônia. O padre Tuco já deixou. Só que esse Mendelssohn, não sei, não...

— É, acho que no sintetizador não fica bem...

— Quem sabe alguma coisa do Queen...

— Quem?

— O Queen.

— Não é a Queen?

— Não. O Queen. É o nome de um conjunto, papai.

— Ah, certo. O Queen. No sintetizador.

— Acho que vai ser o maior barato!

— Só o sintetizador ou...

— Não. Claro que precisa ter uma guitarra elétrica, um baixo elétrico...

— Claro. Quer dizer, tudo bem tradicional.

— Isso.

• • •

— Eu sei que não é da minha conta. Afinal, eu sou só o pai da noiva. Um nada. Na recepção vão me confundir com um garçom. Se ainda me derem gorjeta, tudo bem. Mas alguém pode me dizer por que chamam o nosso futuro genro de Varum?

— Eu sabia...

— O quê?

— Que você já ia começar a implicar com ele.

— Eu não estou implicando. Eu gosto dele. Eu até o beijaria na testa se algum dia tirasse aquele capacete de motoqueiro.

— Eles nem casaram e você já está implicando.

— Mas que implicância? É um ótimo rapaz. Tem uma boa ca-

O casamento

beça. Pelo menos eu imagino que seja cabeça o que ele tem debaixo do capacete.

— É um belo rapaz.

— E eu não sei? Há quase um ano que ele frequenta a nossa casa diariamente. É como se fosse um filho. Eu às vezes fico esperando que ele me peça uma mesada. Um belo rapaz. Mas por que Varum?

— É o apelido e pronto.

— Ah, então é isso, você explicou tudo. Obrigado.

— Quanto mais se aproxima o dia do casamento, mais intratável você fica.

— Desculpe. Eu sou apenas o pai. Um inseto. Me esmigalha. Eu mereço.

• • •

— Aí xará!

— Oi, Varum, como vai? A sua noiva está se arrumando. Ela já desce. Senta aí um pouquinho. Tira o capacete...

— Essa noivinha...

— Vocês vão ao cinema?

— Ela não lhe disse? Nós vamos acampar.

— Acampar? Só vocês dois?

— É. Qual é o galho?

— Não. É que... Sei lá.

— Já sei o que você tá pensando, cara. Saquei.

— É! Você sabe como é...

— Saquei. Você está pensando que só nós dois, no meio do mato, pode pintar um lance.

— No mínimo isso. Um lance. Até dois.

— Mas qualé, xará. Não tem disso não. Está em falta. Oi, gatona!

— Oi, Varum. O que é que você e papai estão conversando?

— Não, o velho aí tá preocupado que nós dois, acampados sozinhos, pode pintar um lance. Eu já disse que não tem disso.

— Oi, papai. Não tem perigo nenhum. Nem cobra. E qualquer coisa o Varum me defende. Eu Jane, ele Tarzan.

— Só não dou o meu grito para proteger os cristais.

— Vamos?

— Vamlá?

— Mas... Vocês vão acampar de motocicleta?

— De motoca, cara. Vá-rum, vá-rum.

• • •

— Descobri por que ele se chama Varum.

— O quê? Você quer alguma coisa?

— Disse que descobri por que ele se chama Varum.

— Você me acordou só para dizer isto?

— Você estava dormindo?

— É o que eu costumo fazer às três da manhã, todos os dias. Você não dormiu?

— Ainda não. Sabe como é que ele chama ela? Gatona. Por um estranho processo de degeneração genética, eu sou pai de uma gatona. Varum e Gatona, a dupla dinâmica, está neste momento, sozinha, no meio do mato.

— Então é isso que está preocupando você?

— E não é para preocupar? Você também não devia estar dormindo. A gatona é sua também.

— Mas não tem perigo nenhum!

— Como, não tem perigo? Um homem e uma mulher, dentro de uma tenda, no meio do mato?

— O que é que pode acontecer?

O casamento

— Se você já esqueceu, é melhor ir dormir mesmo.

— Não tem perigo nenhum. O máximo que pode acontecer é entrar um sapo na tenda.

— Ou você está falando em linguagem figurada ou é eu que estou ficando louco.

— Vai dormir.

— Gatona. Minha própria filha...

— Você também tinha um apelido para mim, durante o nosso noivado.

— Eu prefiro não ouvir.

— Você me chamava de Formosura. Pensando bem, você também tinha um apelido.

— Por favor. Reminiscências não. Comi faz pouco.

— Kid Gordini. Você não se lembra? Você e o seu Gordini envenenado.

— Tão envenenado que morreu, nas minhas mãos. Um dia levei num mecânico e disse que a bateria estava ruim. Ele disse que a bateria estava boa, o resto do carro é que tinha que ser trocado.

— Viu só? E você se queixa do Varum. Kid Gordini!

— Mas eu nunca levei você para o mato no meu Gordini.

— Não levou porque meu pai mataria você.

— Hmmmm.

— "Hmmmm" o quê?

— Você me deu uma ideia. Assassinato...

— Não seja bobo.

— Um golpe bem aplicado... Na cabeça não porque ela está sempre bem protegida. Sim. Kid Gordini ataca outra vez...

— O que você tem é ciúme.

— Nisso tudo, tem uma coisa que me preocupa acima de tudo. Acho que é o que me tira o sono.

Histórias divertidas

— O quê?
— Será que ele tira o capacete para dormir?

•••

— Bom dia.
— Bom dia.
— Eu sou o pai da noiva. Da Maria Helena.
— Maria Helena... Ah, a Gatona!
— Essa.
— Que prazer. Alguma dúvida sobre a cerimônia?
— Não, padre Osni. É que...
— Pode me chamar de Tuco. É como me chamam.
— Não, padre Tuco. É que a Ga... A Maria Helena me disse que ela pretende entrar dançando na igreja. O conjunto toca um rock e a noiva entra dançando, é isso?
— É. Um rock suave. Não é rock pauleira.
— Ah, não é rock pauleira. Sei. Bom, isto muda tudo.
— Muitos jovens estão fazendo isto. A noiva entra dançando e na saída os dois saem dançando. O senhor sabe, a Igreja hoje está diferente. É isto que está atraindo os jovens de volta à Igreja. Temos que evoluir com os tempos.
— Claro. Mas, padre Osni...
— Tuco.
— Padre Tuco, tem uma coisa. O pai da noiva também tem que dançar?
— Bom, isto depende do senhor. O senhor dança?
— Agora não, obrigado. Quer dizer, dançava. Até ganhei um concurso de chá-chá-chá. Acho que você ainda não era nascido. Mas estou meio fora de forma e...
— Ensaie, ensaie.

O casamento

— Certo.

— Peça para a Gatona ensaiar com o senhor.

— Claro.

— Não é rock pauleira.

— Certo. Um roquezinho suave. Quem sabe um chá-chá-chá? Não. Esquece, esquece.

• • •

— Você está nervoso, papai?

— Um pouco. E se a gente adiasse o casamento? Eu preciso de uma semana a mais de ensaio. Só uma semana.

— Eu estou bonita?

— Linda. Quando estiver pronta vai ficar uma beleza.

— Mas eu estou pronta.

— Você vai se casar assim?

— Você não gosta?

— É... diferente, né? Essa coroa de flores, os pés descalços...

— Não é um barato?

• • •

— Um brinde, xará!

— Um brinde, Varum.

— Você estava um estouro entrando naquela igreja. Parecia um bailarino profissional.

— Pois é. Improvisei uns passos. Acho que me saí bem.

— Muito bem!

— Não sei se você sabe que eu fui o rei do chá-chá-chá.

— Do quê?

— Chá-chá-chá. Uma dança que havia. Você ainda não era nascido.

— Bota tempo nisso.

— Eu tinha um Gordini envenenado. Tão envenenado que morreu. Um dia levei no...

— Tinha um quê?

— Gordini. Você sabe. Um carro. Varum, varum.

— Ah.

— Esquece.

— Um brinde ao sogro bailarino.

— Um brinde. Eu sei que vocês vão ser muito felizes.

— O que é que você achou da minha beca, cara?

— Sensacional. Nunca tinha visto um noivo de macacão vermelho, antes. Gostei. Confesso que quando entrei na igreja e vi você lá no altar, de capacete...

— Vacilou.

— Vacilei. Mas aí vi que o padre Tuco estava de boné e pensei, tudo bem. Temos que evoluir com os tempos. E ataquei meu rock suave.

Luís Fernando Veríssimo, filho do também escritor Erico Verissimo, nasceu em 1936 em Porto Alegre (RS) e morou durante muitos anos nos Estados Unidos. É um de nossos mais conhecidos escritores de humor. Ed Mort, a Velhinha de Taubaté e o Analista de Bagé são alguns de seus personagens mais populares. Atuou como redator publicitário, roteirista de televisão, tradutor e fora das letras, como saxofonista.

Aluísio Azevedo

O macaco azul
Aluísio Azevedo

Ontem, mexendo nos meus papéis velhos, encontrei a seguinte carta:

"Caro senhor,
Escrevo estas palavras possuído do maior desespero. Cada vez menos esperança tenho de alcançar o meu sonho dourado. — O seu macaco azul não me sai um instante do pensamento! É horrível! Nem um verso!
Do amigo infeliz
Paulino."

Não parece um disparate este bilhete?
Pois não é. Ouçam o caso e verão!
Uma noite — isto vai há um bom par de anos — conversava eu com o Artur Barreiros no largo da Mãe do Bispo, a respeito dos últimos versos então publicados pelo conselheiro Otaviano Rosa, quando um sujeito de fraque cor de café com leite veio a pouco e pouco

aproximando-se de nós e deixou-se ficar a pequena distância, com a mão no queixo, ouvindo atentamente o que conversávamos.

— O Otaviano — sentenciou o Barreiros — o Otaviano faz magníficos versos, lá isso ninguém lhe pode negar! Mas, tem paciência! O Otaviano não é poeta!

Eu sustentava precisamente o contrário, afiançando que o aplaudido Otaviano fazia maus versos, tendo aliás uma verdadeira alma de poeta, e poeta inspirado.

O Barreiros replicou, acumulando em abono da sua opinião, uma infinidade de argumentos de que já me não lembro.

Eu trepliquei firme, citando os alexandrinos errados do conselheiro.

O Barreiros não se deu por vencido e exigiu que eu lhe apontasse alguém no Brasil que soubesse arquitetar alexandrinos melhor que S. Ex.[a]

Eu respondi com esta frase esmagadora:

— Quem? Tu!

E acrescentei, dando um piparote na aba do chapéu e segurando o meu contendor com ambas as mãos pela gola do fraque:

— Queres que te fale com franqueza?... Isto de fazer versos inspirados e bem-feitos; ou, por outra: isto de ser ou não ser poeta, depende única e exclusivamente de uma cousa muito simples...

— O que é?

— É ter o segredo da poesia! Se o sujeito está senhor do segredo da poesia, faz, brincando, a quantidade de versos que entender, e todos bons, corretos, fáceis, harmoniosos; e, se o sujeito não tem o segredo, escusa de quebrar a cabeça, pode ir cuidar de outro ofício, porque com as musas não arranjará nada que preste! Não és do meu parecer?

— Sim, nesse ponto estamos de pleno acordo — conveio o Barreiros. Tudo está em possuir o segredo!...

E, tomando uma expressão de orgulho concentrado, rematou, abaixando a cabeça e olhando-me por cima das lunetas: — Segredo, que qualquer um de nós dois conhece melhor que as palmas da própria mão!...

— Segredo que eu me prezo de possuir, como até hoje ninguém o conseguiu — declarei convicto.

E com esta frase me despedi e separei-me do Artur. Ele tomou para os lados de Botafogo, onde morava, e eu desci pela rua Guarda Velha.

Mal dera sozinho alguns passos, o tal sujeito de fraque cor de café com leite aproximou-se de mim, tocou-me no ombro, e disse-me com suma delicadeza:

— Perdão, cavalheiro! Queira desculpar interrompê-lo. Sei que vai estranhar o que lhe vou dizer, mas...

— Estou às suas ordens. Pode falar.

— É que ainda há pouco, quando o senhor conversava com o seu amigo, afirmou a respeito da poesia certa cousa que muito e muito me interessa... Desejo que ma explique...

"Bonito!", pensei eu. É algum parente ou algum admirador do conselheiro Otaviano, que vem tomar-me uma satisfação. Bem feito! Quem me manda a mim ter a língua tão comprida?...

— Entremos aqui no jardim da fábrica — propôs o meu interlocutor —; tomaremos um copo de cerveja enquanto o senhor far-me-á o obséquio de esclarecer o ponto em questão.

O tom destas palavras tranquilizou-me em parte. Concordei e fomos assentar-nos em volta de uma mesinha de ferro, defronte de dois chopes, por baixo de um pequeno grupo de palmeiras.

— O senhor — principiou o sujeito, depois de tomar dois goles do seu copo — declarou ainda há pouco que possui o segredo da poesia... Não é verdade?

Eu olhei para ele muito sério, sem conseguir perceber onde diabo queria o homem chegar.
— Não é verdade? — insistiu com empenho. — Nega que ainda há pouco declarou possuir o segredo dos poetas?
— Gracejo!... Foi puro gracejo de minha parte... — respondi, sorrindo modestamente. Aquilo foi para mexer com o Barreiros, que — aqui para nós — na prosa é um purista, mas que a respeito de poesia não sabe distinguir um alexandrino de um decassílabo. Tanto ele como eu nunca fizemos versos; creia!
— Ó, senhor! Por quem é não negue! Fale com franqueza!
— Mas juro-lhe que estou confessando a verdade...
— Não seja egoísta!
E o homem chegou a sua cadeira para junto de mim e segurou-me uma das mãos.
— Diga! — suplicou ele. — Diga por amor de Deus qual é o tal segredo; e conte que, desde esse momento, o senhor terá em mim o seu amigo mais reconhecido e devotado!
— Mas, meu caro senhor, juro-lhe que...
O tipo interrompeu-me, tapando-me a boca com a mão, e exclamou deveras comovido:
— Ah! Se o senhor soubesse; se o senhor pudesse imaginar quanto tenho até hoje sofrido por causa disto!
— Disto o quê? A poesia?
— É verdade! Desde que me entendo, procuro a todo o instante fazer versos!... Mas qual! Em vão consumo nessa luta de todos os dias os meus melhores esforços e as minhas mais profundas concentrações!... É inútil! Todavia, creia, senhor, o meu maior desejo, toda a ambição de minha alma, foi sempre, como hoje ainda, compor alguns versos, poucos que fossem, fracos muito embora; mas, com um milhão de raios! que fossem versos! e

que rimassem! e que estivessem metrificados! e que dissessem alguma cousa!

— E nunca até hoje o conseguiu?... — interroguei, sinceramente pasmo.

— Nunca! Nunca! Se o metro não sai mau, é a ideia que não presta; e se a ideia é mais ou menos aceitável, em vão procuro a rima! A rima não chega nem à mão de Deus Padre! Ah! tem sido uma campanha! uma campanha sem tréguas! Não me farto de ler os mestres; sei de cor o compêndio do Castilho[1]; trago na algibeira o *Dicionário de consoantes*[2]; e não consigo um soneto, uma estrofe, uma quadra! Foi por isso que pensei cá comigo: "Quem sabe se haverá algum mistério, algum segredo, nisto de fazer versos?... algum segredo, de cuja posse dependa em rigor a faculdade de ser poeta?..." Ah! e o que não daria eu para alcançar semelhante segredo?!... Matutava nisto justamente, quando o senhor, conversando com o seu amigo, afirmou que o segredo existe com efeito, e, melhor ainda, que o senhor o possui, podendo por conseguinte transmiti-lo adiante!

— Perdão! Perdão! O senhor está enganado, eu...

— Oh! não negue! Não negue por quem é! O senhor tem fechada na mão a minha felicidade! Se não quer que eu enlouqueça, confie-me o segredo! Peço-lhe! Suplico-lhe! Dou-lhe em troca a minha vida, se a exige!

— Mas, meu Deus! o senhor está completamente iludido!... Não existe semelhante cousa!... Juro-lhe que não existe!

— Não seja mau! Não insista em recusar um obséquio que lhe custa tão pouco e que vale tanto para mim! Bem sei que há de pre-

---

[1] Referência ao *Tratado de metrificação* do escritor e pedagogo português António Feliciano de Castilho (1800-1875). (N.E.)
[2] Guia de rimas do literato português Miguel de Couto Guerreiro (c. 1720-1793). (N.E.)

zar muito o seu segredo, mas dou-lhe minha palavra de honra que me conservarei digno dele até a morte! Vamos! declare! fale! diga logo o que é, ou nunca mais o largarei! nunca mais o deixarei tranquilo! Diga ou serei eternamente a sua sombra!

— Ora esta! Como quer que lhe diga que não sei de semelhante segredo?!

— Não mo negue por tudo o que o seu coração mais ama neste mundo!

— O senhor tomou a nuvem por Juno[3]! Não compreendeu o sentido de minhas palavras!

— O segredo! O segredo! O segredo!

Perdi a paciência. Ergui-me e exclamei disposto a fugir:

— Quer saber o que mais?! Vá para o diabo que o carregue!

— Espere, senhor! Espere! Ouça-me por amor de Deus!

— Não me aborreça. Ora bolas!

— Hei de persegui-lo até alcançar o segredo!

● ● ●

E, como de fato, o tal sujeito acompanhou-me logo com tamanha insistência, que eu, para ver-me livre dele, prometi-lhe afinal que lhe havia de revelar o mistério.

No dia seguinte já lá estava o demônio do homem defronte da minha casa e não me largava a porta.

Para o restaurante, para o trabalho, para o teatro, para toda a parte, acompanhava-me aquele implacável fraque cor de café com leite, a pedir-me o segredo por todos os modos, de viva voz, por escrito e até por mímica, de longe.

---

3 A frase feita "Tomar a nuvem por Juno" faz referência a um episódio da mitologia romana e é usada quando as aparências são tomadas como realidade. (N.E.)

Eu vivia já nervoso, doente com aquela obsessão. Cheguei a pensar em queixar-me à polícia ou empreender uma viagem.

Ocorreu-me, porém, uma ideia feliz, e mal a tive disse ao tipo que estava resolvido a confiar-lhe o segredo.

Ele quase perdeu os sentidos de tão contente que ficou. Marcou-me logo uma entrevista em lugar seguro; e, à hora marcada, lá estávamos os dois.

— Então que é?... — perguntou-me o monstro, esfregando as mãos.

— Uma cousa muito simples — segredei-lhe eu. — Para qualquer pessoa fazer bons versos, seja quem for, basta-lhe o seguinte: Não pensar no macaco azul. Está satisfeito?

— Não pensar no...? Macaco azul? O que é macaco azul...?

— Pergunta a quem não lhe sabe responder ao certo. Imagine um grande símio azul-ferrete, com as pernas e os braços bem compridos, os olhos pequeninos, os dentes muito brancos, e aí tem o senhor o que é o macaco azul.

— Mas que há de comum entre esse mono e a poesia?...

— Tudo, visto que, enquanto o senhor estiver com a ideia no macaco azul, não pode compor um verso!

— Mas eu nunca pensei em semelhante bicho!...

— Parece-lhe; é que às vezes a gente está com ele na cabeça e não dá por isso.

— Pois hoje mesmo vou fazer a experiência... Ora quero ver se desta vez...

— Faça e verá.

• • •

No dia seguinte, o pobre homem entrou-me pela casa como um raio. Vinha furioso.

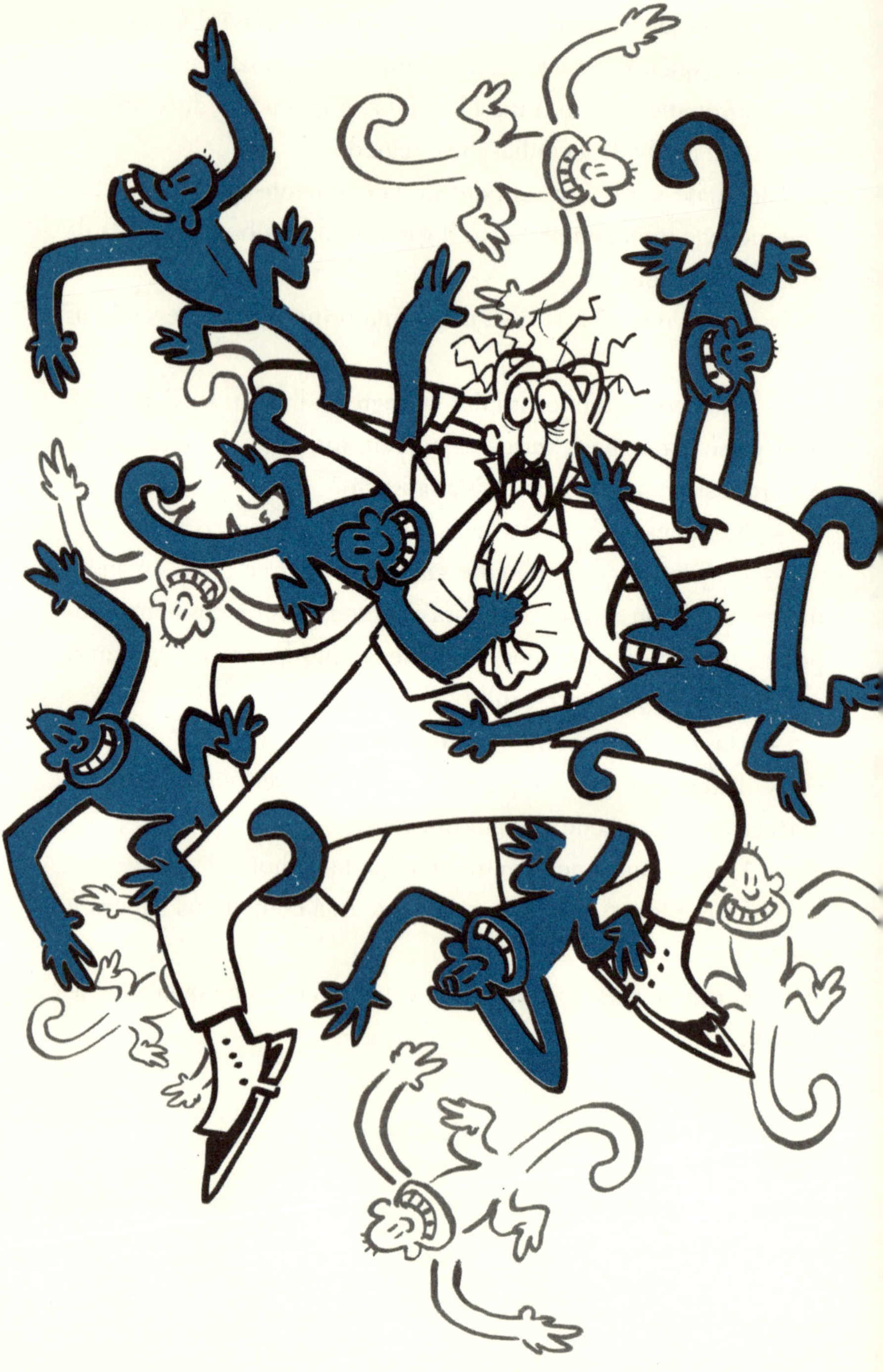

— Agora, gritou ele, é que o diabo do bicho não me larga mesmo! É pegar eu na pena, e aí está o maldito a dar-me voltas no miolo!

— Tenha paciência! Espere alerta a ocasião em que ele não lhe venha à ideia e aproveite-a logo para escrever seus versos.

— Ora! Antes o senhor nunca me falasse no tal bicho! Assim, nem só continuo a não fazer versos, como ainda quebro a cabeça de ver se consigo não pensar no demônio do macaco!

E foi nestas circunstâncias que Paulino me escreveu aquela carta.

Polítipo
Aluísio Azevedo

Suicidou-se anteontem o meu triste amigo Boaventura da Costa. Pobre Boaventura! Jamais o caiporismo[1] encontrou asilo tão cômodo para as suas traiçoeiras manobras como naquele corpinho dele, arqueado e seco, cuja exiguidade física, em contraste com a rara grandeza de sua alma, muita vez me levou a pensar seriamente na injustiça dos céus e na desequilibrada desigualdade das cousas cá da terra.

Não conheci ainda criatura de melhor coração, nem de pior estrela. Possuía o desgraçado os mais formosos dotes morais de que é susceptível um animal da nossa espécie, escondidos porém na mais ingrata e comprometedora figura que até hoje viram meus olhos por entre a intérmina cadeia dos tipos ridículos.

O livro era excelente, mas a encadernação detestável.

Imagine-se um homenzinho de cinco pés de altura sobre um de

[1] Falta de sorte que se manifesta constantemente. (N.E.)

largo, com uma grande cabeça feia, quase sem testa, olhos fundos, pequenos e descabelado; nariz de feitio duvidoso, boca sem expressão, gestos vulgares, nenhum sinal de barba, braços curtos, peito apertado e pernas arqueadas; e ter-se-á uma ideia do tipo do meu malogrado amigo.

Tipo destinado a perder-se na multidão, mas que a cada instante se destacava justamente pela sua extraordinária vulgaridade; tipo sem nenhum traço individual, sem uma nota própria, mas que por isso mesmo se fazia singular e apontado; tipo cuja fisionomia ninguém conseguia reter na memória mas que todos supunham conhecer ou já ter visto em alguma parte; tipo a que homem algum, nem mesmo aqueles a quem o infeliz, levado pelos impulsos generosos de sua alma, prestava com sacrifício os mais galantes obséquios, jamais encarou sem uma instintiva e secreta ponta de desconfiança.

Se em qualquer conflito, na rua, num teatro, no café ou no bonde, era uma senhora desacatada, ou um velho vítima de alguma violência; ou uma criança batida por alguém mais forte do que ela, Boaventura tomava logo as dores pela parte fraca, revoltava-se indignado, castigava com palavras enérgicas o culpado; mas ninguém, ninguém lhe atribuía a paternidade de ação tão generosa. Ao passo que, quando em sua presença se cometia qualquer ato desairoso, cujo autor não fosse logo descoberto, todos olhavam para ele desconfiados, e em cada rosto o pobre Boaventura percebia uma acusação tácita.

E o pior é que nestas ocasiões, em que tão injustamente era tomado por outro, ficava o desgraçado por tal modo confuso e perplexo, que, em vez de protestar, começava a empalidecer, a engolir em seco, agravando cada vez mais a sua dura situação.

Outro doloroso caiporismo dos seus era o de parecer-se como todo o mundo. Boaventura não tinha fisionomia própria; tinha um pouco da de toda a gente. Daí os quiproquós em que ele, apesar de tão bom e tão pacato, vivia sempre enredado. Tão depressa o tomavam por um ator, como por um padre, ou por um barbeiro, ou por um polícia secreto; tomavam-no por tudo e por todos, menos pelo Boaventura da Costa, rapaz solteiro, amanuense de uma repartição pública, pessoa honesta e de bons costumes.

Tinha cara de tudo e não tinha cara de nada, ao certo. As circunstâncias da sua falta absoluta de barba davam-lhe ao rosto uma dúbia expressão, que tanto podia ser de homem, como de mulher, ou mesmo de criança. Era muito difícil, senão impossível, determinar-lhe a idade. Visto de certo modo, parecia um sujeito de trinta anos, mas bastava que ele mudasse de posição para que o observador mudasse também de julgamento; de perfil representava pessoa bastante idosa, mas, olhado de costas, dir-se-ia um estudante de preparatórios; contemplado de cima para baixo era quase um bonito moço, porém, de baixo para cima era simplesmente horrível.

Encarando-o bem de frente, ninguém hesitaria em dar-lhe vinte e cinco anos, mas, com o rosto em três quartos, afigurava apenas dezoito. Quando saía à rua, em noites chuvosas, com a gola do sobretudo até às orelhas e o chapéu até a gola do sobretudo, passava por um velhinho octogenário; e, quando estava em casa, no verão, em fralda de camisa, a brincar com o seu gato ou com o seu cachorro, era tirar nem pôr um nhonhô de uns dez ou doze anos de idade.

Um dia, entre muitos, em que a polícia, por engano, lhe invadiu os aposentos, surpreendeu-o dormindo, muito agachadinho sob os lençóis, com a cabeça embrulhada num lenço à laia de touca, e o sargento exclamou comovido:

— Uma criança! Pobrezinha! Como a deixaram aqui tão desamparada!

De outra vez quando ainda a polícia quis dar caça a certas mulheres, que tiveram a fantasia de tomar trajos de homem e percorrer assim as ruas da cidade, Boaventura foi logo agarrado e só na estação conseguiu provar que não era quem supunham. Outra ocasião, indo procurar certo artista, de cujos serviços precisava, foi recebido no corredor com esta singularíssima frase:

— Quê? Pois a senhora tem a coragem de voltar?... E quer ver se me engana com essas calças?

Tomara-o pela pobre, a quem na véspera havia despedido de casa.

Não se dava conflito de rua, em que, passando perto o Boaventura, não o tomassem imediatamente por um dos desordeiros. Era ele sempre o mais sobressaltado, o mais lívido, o mais suspeito dos circunstantes. Não conseguia atravessar um quarteirão, sem que fosse a cada passo interrompido por várias pessoas desconhecidas, que lhe davam joviais palmadas no ombro e na barriga, acompanhando-as de alegres e risonhas frases de velha e íntima amizade.

Em outros casos era um credor que o perseguia, convencido de que o devedor queria escapar-lhe, fingindo não ser o próprio; ou uma mulher que o descompunha em público; ou um agente policial que lhe rondava os passos; ou um soldado que lhe cortava o caminho supondo ver nele um colega desertor.

E tudo isto ia o infeliz suportando, sem nunca aliás ter em sua vida cometido a menor culpa.

Uma existência impossível!

Se se achava numa repartição pública, tomavam-no, infalivelmente, pelo contínuo; nas igrejas passava sempre pelo sacristão, nos cafés, se acontecia levantar-se da mesa sem chapéu, bradava-lhe logo um consumidor, segurando-lhe o braço:

— Garçom! Há meia hora que reclamo que me sirva.

Se ia provar um paletó à loja do alfaiate, enquanto estivesse em mangas de camisa, era só a ele que se dirigiam as pessoas chegadas depois. Nas muitas vezes que foi preso como suposto autor de vários crimes, a autoridade afiançava sempre que ele tinha diversos retratos na polícia. Verdade era que as fotografias não se pareciam entre si, mas todas se pareciam com Boaventura.

Num clube familiar, quando o infeliz, já no corredor, reclamava do porteiro o seu chapéu para retirar-se, uma senhora de nervos fortes chegou-se por detrás dele na ponta dos pés e ferrou-lhe um beliscão.

— Pensas que não vi o teu escândalo com a viúva Sarmento, grandíssimo velhaco?!

O mísero voltara-se inalteravelmente, sem a menor surpresa. Ah! Ele já estava mais habituado àqueles enganos.

Que vida!

Afinal, e nem podia deixar de ser assim, atirou-se ao mar.

No necrotério, onde fui por acaso, encontrei já muita gente; e todos aflitos, e todos agoniados defronte daquele cadáver que se parecia com um parente ou com um amigo de cada um deles.

Havia choro a valer e, entre o clamor geral, distinguiam-se estas e outras frases:

— Meu filho morto! Meu filho morto!

— Valha-me Deus! Estou viúva! Ai o meu rico homem!

— Oh, senhores! Ia jurar que este cadáver é o do Manduca!

— Mas não me engano! É o meu caixeiro!

— Dir-se-ia que este moço era um meu antigo companheiro de bilhar!...

— E eu aposto como é um velho, que tinha um botequim por debaixo da casa onde eu moro!

— Qual velho, o quê! Conheço este defunto. Era estudante de medicina! Uma vez até tomamos banho juntos, no boqueirão. Lembro-me dele perfeitamente!

— Estudante! Ora muito obrigado! Há mais de dois anos chamei-o fora de horas para ir ver minha mulher que tinia de cólicas! Era médico velho!

— Impossível! Afianço que este era um pequeno que vendia jornais. Ia levar-me todos os dias a *Gazeta* à casa. É que a morte alterou-lhe as feições.

— Meu pai!
— O Bernardino!
— Olha! Meu padrinho!
— Jesus! Este é meu tio José!
— Coitado do padre Rocha!

Pobre Boaventura! Só eu compreendi, adivinhei, que aquele cadáver não podia ser senão o teu, ó triste Boaventura da Costa!

E isso mesmo porque me pareceu reconhecer naquele defunto todo o mundo, menos tu, meu desgraçado amigo.

Aluísio Azevedo nasceu em 1857, em São Luís (MA), e é irmão do escritor e dramaturgo Artur Azevedo. Considerado o introdutor do naturalismo no Brasil, em seu romance mais conhecido, *O cortiço*, o autor retrata a vida dos pobres com realismo e intensidade dramática. Azevedo criou também personagens esquisitos e exagerados, que causam riso. Escreveu peças de teatro, foi caricaturista e trabalhou como diplomata em vários países. Suas obras foram publicadas somente depois que o escritor faleceu, em 1913, em Buenos Aires, Argentina.

Moacyr Scliar

Piquenique
Moacyr Scliar

Agora é como um piquenique: estamos no Morro da Viúva, homens, mulheres e crianças, comemos sanduíches e tomamos água da fonte, límpida e fria. Alguns estão com os rifles, embora isto seja totalmente dispensável — temos certeza de que nada nos acontecerá. Já são cinco da tarde, logo anoitecerá e voltaremos às nossas casas. As crianças brincaram, as mulheres colheram flores, os homens conversaram e apenas eu — o distraído — fico aqui a rabiscar coisas neste pedaço de papel. Alguns me olham com um sorriso irônico, outros com ar respeitoso; pouco me importa. Encostado a uma pedra, um talo de capim entre os dentes, e revólver jogado a um lado, divirto-me pensando naquilo que os outros evitam pensar: o que terá acontecido em nossa cidade neste belo dia de abril, que começou de maneira normal: as lojas abriram às oito, os cachorros latiam na rua principal, as crianças iam à escola. De repente — eram nove horas — o sino da igreja começou a soar de maneira insistente: em nossa pequena cidade este é o sinal de alarme, geralmente usado para incêndios. Em poucos minutos estávamos todos concentrados frente à igreja e lá estava o delegado — alto, forte, a espingarda na mão.

Ele era novo em nossa cidade; na verdade, nunca tivéramos delegado. Vivíamos em boa paz, plantando e colhendo nossa soja, as crianças brincando, nós fazendo piqueniques no campo, eu tendo os meus ataques epilépticos. Um belo dia acordamos e lá estava ele, parado no meio da rua principal, a espingarda na mão; esperou que uma pequena multidão se formasse a seu redor, e então anunciou que fora designado para representante da lei na região. Nós o aceitamos bem; a seu pedido, fizemos uma cadeia — uma cadeia pequena mas resistente. Construímo-la num domingo, todos os cidadãos, num só domingo, e antes que o sol se pusesse tínhamos colocado o telhado, comemos os sanduíches feitos por nossas mulheres e bebemos a boa cerveja da terra.

Às seis da tarde olhei para o delegado, de pé diante da cadeia, o rosto avermelhado pelo crepúsculo; naquele momento, tive a certeza de que já o vira antes, e ia dizer a todos, mas em vez disto soltei um grito, antes que o ar passasse por minha garganta eu já sabia que seria um grito espantoso e que depois cairia de borco na rua poeirenta, me debatendo; que as pessoas se afastariam, temerosas de me tocarem e se contaminarem com minha baba viscosa, e que depois acordaria sem me recordar de nada. Permaneceria a confusa impressão de já ter visto o homem alto em algum lugar e isto eu diria ao doutor e o doutor me responderia que não, que não o vira, que isto era uma sensação comum a epilépticos. Restaria um dolorimento pelo corpo, um entorpecimento da mente. Então eu sairia ao campo, e recostado numa pedra, um talo de capim entre os dentes, escreveria ou rabiscaria, coisas várias. Dizem — as pessoas supersticiosas — que tenho o dom da premonição e que tudo quanto escrevo após uma convulsão é profético; mas ninguém jamais conseguiu confirmá-lo, pois escrevo e rasgo, rabisco e rasgo. Os pedacinhos de papel são levados pelo vento, depois caem na terra úmida e apodrecem.

Agora mesmo, sentado aqui, neste dia de abril, fixo os olhos num pedacinho de papel amarelado que ficou preso entre as pedras e onde se lê "... no jornal". É minha letra, eu sei, mas quando o escrevi? E que queria dizer? Foi há muito tempo, é certo, mas antes da chegada do delegado? Hoje pela manhã ELE NOS REUNIU FRENTE À IGREJA: Do adro o homem alto, espingarda na mão, falou-nos; lembrou o dia em que chegara, não há muito tempo. "Aqui cheguei para proteger vocês..." Todos de pé, imóveis, silenciosos. Mas eu estava sentado; numa cadeira, na calçada do café, que fica fronteira à igreja. E entregava-me ao meu passatempo: lápis e papel. Mas não escrevia: desenhava, o que também faço muito bem. Do meu lápis surgiu o rosto impassível do homem alto. *Fui informado há pouco que um grupo de bandidos se dirige à nossa cidade. Devem chegar aqui dentro de uma hora. Sabem que a agência bancária está com muito dinheiro...* Era verdade: a soja fora vendida, os colonos haviam feito grandes depósitos durante a semana.

É minha obrigação defendê-los. Entretanto, conto com a ajuda de todos os cidadãos válidos... Naturalmente, anotei algumas destas frases: senti nelas o peso do histórico. As pessoas cochichavam entre si, assustadas.

Vão para casa — concluiu o homem alto. *Armem-se e voltem. Espero-os aqui dentro de meia hora.* As pessoas se dispersaram e eu vi rostos apreensivos, crianças chorosas, as mulheres murmurando aos ouvidos dos maridos.

• • •

A praça ficou deserta. Apenas o homem alto parado na praça, o rosto iluminado de frente pelo sol forte, e eu oculto na sombra projetada pelo toldo do café. Cinco minutos depois, chegou o primeiro cidadão; era o barbeiro; quando surgiu na praça eu já sabia o que ele diria; que o delegado o perdoasse, mas que era chefe de família, tinha muitos filhos; e eu já sabia que o delegado ia desculpá-lo, recomendando que fosse para o Morro da Viúva com sua família onde estaria seguro. Mal o barbeiro se fora, e o farmacêutico aparecia, gordo, os olhos esbugalhados, a testa molhada de suor; que o delegado compreendesse... O delegado compreendia e também ao dono do bar e ao lojista que surgiram depois.

O último foi o gerente do banco; este tentou levar o delegado consigo, mas foi repelido brandamente; antes de sair correndo, gritou: *Delegado, o cofre está aberto; se não conseguir atemorizar os ladrões, pelo amor de Deus, entregue o dinheiro e salve a sua vida!* O delegado fez que sim com a cabeça e o homem partiu.

Foi então que o delegado me viu. Creio que só nós dois estávamos na cidade, à exceção dos cães que farejavam a sarjeta.

O homem alto ficou a me olhar por uns instantes. Depois atravessou a rua a passos lentos. Postou-se diante de mim, o homem com a espingarda na mão.

— O senhor não tem ajudante — eu disse, sem parar de rabiscar.

— É verdade — ele me respondeu. — Nunca precisei.

— Mas precisa agora.

— Também é verdade.

— Aqui me tem.

Tênue sorriso.

— Tu és doente, meu filho.

Por isso mesmo — digo-lhe. — Quero provar que sirvo para alguma coisa.

É então que ele vê o retrato em minhas mãos; seu rosto se contrai, ele avança para mim, arranca-me o papel: — *Me dá isto, rapaz, não*

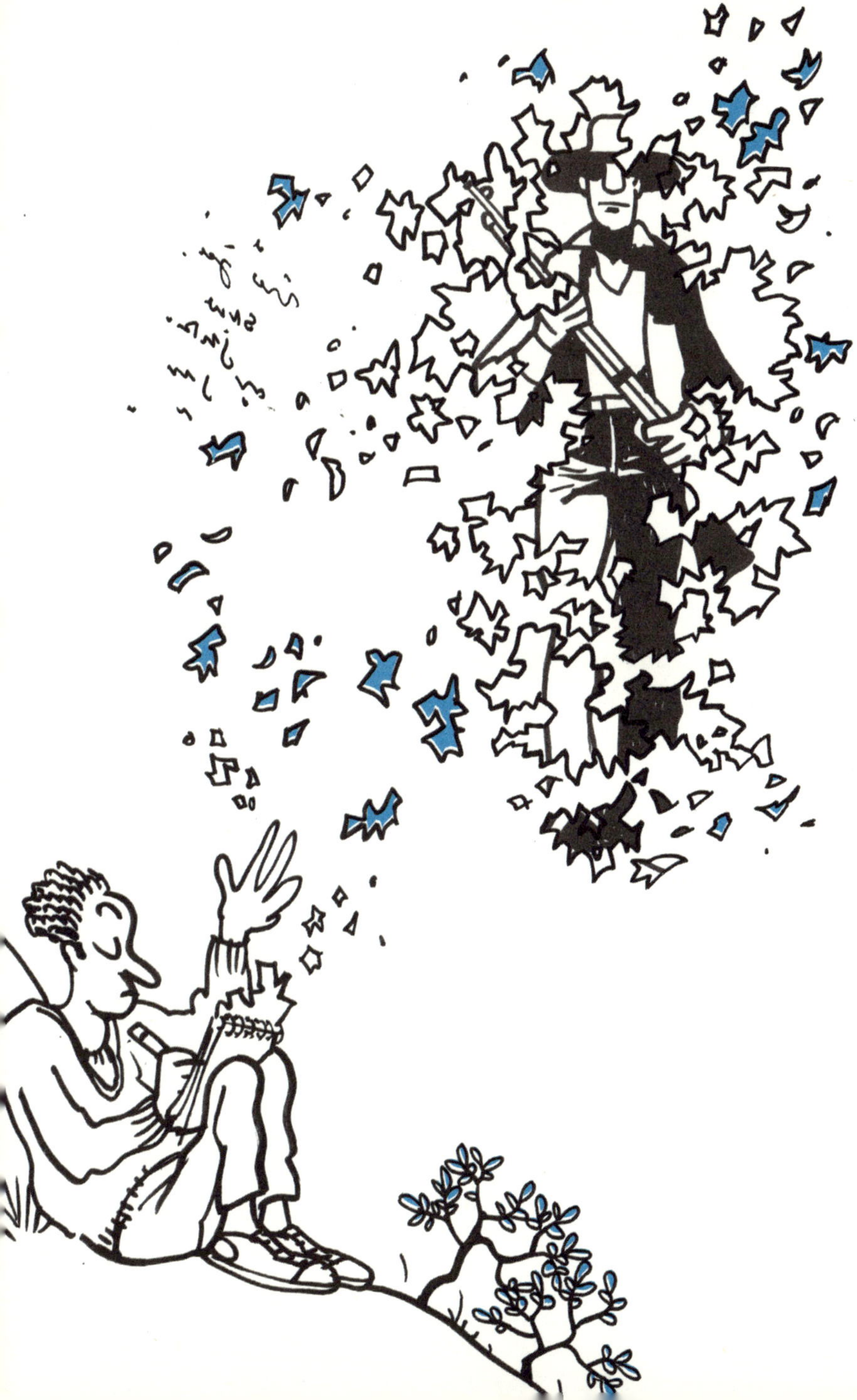

quero que se lembrem de mim depois — ele diz, e eu vou protestar, vou dizer que ele não faça isto, mas aí o seu rosto está diante de mim — onde? onde? — e sinto o grito fugir do meu peito, e nada mais vejo.

Quando acordo estou amarrado a um cavalo que sobe lentamente o morro. Lá em cima, entre as pedras, toda a população da cidade: desmontaram-me, espantados, me desamarram; alguns me olham de maneira irônica, outros me fazem perguntas. — Por fim me deixam em paz.

Fico sentado a ouvir o que dizem: o telegrafista está explicando que tentou mandar um telegrama à guarnição, sem resultado, porém. *Na certa, eles cortaram os fios.*

Foi então que os cinco tiros ecoaram nos morros. Levantamo-nos todos, ficamos inteiriçados, à escuta, um grande silêncio caiu sobre a região.

— Vamos até lá — ouvi a voz, com grande surpresa, pois era a minha própria. Todos se voltaram para mim. Eu continuava sentado, um talo de capim entre os dentes.

O gerente do banco se aproximou.

— Está louco? Prometemos voltar quando soassem os sinos ou às seis da tarde!

Não respondo. Fico quieto a rabiscar. O sol vai se pondo agora, e os sinos não soaram. Estão todos alegres, pois é melhor ficar pobre do que morrer. Breve desceremos e todos não cabem em si de ansiedade: o que encontraremos em nossa cidade? Divirto-me pensando no que encontraremos; sei que quando chegarmos será como se eu já tivesse visto tudo (o que, segundo o doutor, é comum em minha doença): a rua vazia, as portas do banco escancaradas, o cofre vazio. Acho também que na estrada, muito longe, vai um homem alto a cavalo, com os alforjes cheios de notas. Talvez sejam três ou quatro, mas é certo que o homem alto vai rindo.

O ladrão
Moacyr Scliar

Quem descobriu o ladrão na garage foi o meu irmão mais moço. Veio correndo nos contar, e a princípio não queríamos acreditar, porque embora nossa casa ficasse num bairro distante e fosse meio isolada, era uma quinta-feira à tarde e nós não podíamos admitir que um ladrão viesse nos roubar à luz do dia. Em todo caso fomos lá.

Espiamos por uma frincha da porta, e de fato lá estava o ladrão, um velhinho magro — mas não estava roubando nada, estava olhando os trastes da garage (que era mais um depósito, porque há tempo não tínhamos mais carro). Rindo baixinho e nos entendendo por sinais nós o trancamos ali.

À noite voltou a mãe. Chegou cansada, como sempre — desde a morte do pai trabalhava como costureira — e resmungando. Que é que vocês andaram fazendo? — perguntou, desconfiada — vocês estão rindo muito. Não é nada, mãe, respondemos, nós os quatro (o mais velho com doze anos). Não estamos rindo de nada.

Naquela noite não deu para fazer nada com o ladrão, porque a mãe tinha o sono leve. Mas espiávamos pela janela do quarto, víamos que a porta da garage continuava trancada — e aquilo nos animava barbaridade. Mal podíamos esperar que amanhecesse — mas enfim amanheceu, a mãe foi trabalhar e a casa ficou só para nós.

Corremos para a garage. Olhamos pela frincha e ali estava o velho ladrão, sentado numa poltrona quebrada, muito desanimado. Aí, seu ladrão! — gritamos. Levantou-se, assustado. Abram, gente — pediu, quase chorando — abram, me deixem sair, eu prometo que não volto mais aqui.

Claro que nós não íamos abrir e dissemos a ele, nós não vamos abrir. Me deem um pouco de comida, então — ele disse — estou com muita fome, faz três dias que não como. O que é que tu nos dás em troca, perguntou o meu irmão mais velho.

Ficou em silêncio um tempo, depois disse: eu faço uma mágica para vocês. Mágica! Nos olhamos. Que mágica, perguntamos. Ele: eu transformo coisas no que vocês quiserem.

Meu irmão mais velho, que era muito desconfiado, resolveu tirar a limpo aquela história. Enfiou uma varinha pela frincha e disse: transforma esta varinha num bicho. Esperem um pouco — disse o velho, numa voz sumida.

Esperamos. Daí a pouco, espremendo-se pela frincha, apareceu um camundongo. É meu — gritou o caçula, e se apossou do ratinho. Rindo do guri, trouxemos uma fatia de pão para o velho.

Nos dias que se seguiram ele transformou muitas coisas — tampinhas de garrafa em moedas, um prego em relógio (velho, não funcionava) — e assim por diante. Mas veio o dia em que batemos à porta da garage e ele não respondeu. Espiávamos pela frincha, não víamos ninguém. Meu irmão mais velho — esperem aqui, vocês — abriu a porta com toda a cautela. Entrou, pôs-se a procurar o ladrão entre os trastes:

— Pneu velho, não é ele... Colchão rasgado, não é ele... Enfim, não o achou, e esquecemos a história. Eu, particularmente, fiquei com certas dúvidas: pneu velho, não era ele?

Moacyr Scliar nasceu em 1937 em Porto Alegre (RS). Além de escritor, trabalhou como médico e professor universitário. Já foi traduzido para diversas línguas, incluindo o búlgaro, o hebraico e o norueguês. Suas histórias misturam fantasia, recordações da infância e, é claro, muito humor. O cotidiano da medicina e as tradições judaicas são alguns de seus temas mais recorrentes. Foi membro da Academia Brasileira de Letras e recebeu diversos prêmios literários. O escritor faleceu em 2011, em Porto Alegre.

Referências bibliográficas

Os textos desta antologia foram extraídos das seguintes obras:

ALUÍSIO AZEVEDO

"O macaco azul." In: *Demônios*. Rio de Janeiro: Briguiet, 1937. p. 58-65.

"Polítipo." In: *Demônios*. Rio de Janeiro: Briguiet, 1937. p. 140-145.

ARTUR AZEVEDO

"Um capricho." In: *Contos possíveis*. p. 88-93.

"Plebiscito." In: *Contos fora da moda*. p. 99-101.

FERNANDO SABINO

"Televisão para dois." In: *Os melhores contos de Fernando Sabino*. Rio de Janeiro: Record, 1986. p. 67-69.

"Dona Custódia." In: *Os melhores contos de Fernando Sabino*. Rio de Janeiro: Record, 1986. p. 98-101.

LIMA BARRETO

"Um músico extraordinário." In: *Histórias e sonhos*. São Paulo: Brasiliense, 1956. p. 131-138.

"Boa medida." In: *Histórias e sonhos*. São Paulo: Brasiliense, 1956. p. 277-278.

Luís Fernando Veríssimo

"Atitude suspeita." In: *O gigolô das palavras*. Porto Alegre: L&PM, 1987. p. 21-23.

"O casamento." In: *O gigolô das palavras*. Porto Alegre: L&PM, 1987. p. 85-91.

Machado de Assis

"A chinela turca." In: *Papéis avulsos*. Rio de Janeiro: W. M. Jackson, 1938. p. 118-138.

"A segunda vida." In: *Histórias sem data*. Rio de Janeiro: W. M. Jackson, 1938. p. 213-228.

Moacyr Scliar

"O ladrão." In: *Histórias da terra trêmula*. São Paulo: Vertente, 1977. p. 20-21.

"Piquenique." In: *Histórias da terra trêmula*. São Paulo: Vertente, 1977. p. 24-26.

Stanislaw Ponte Preta

"Conversa de viajantes." In: *O melhor de Stanislaw*. Rio de Janeiro: José Olympio, 1989. p. 80-81.

"Prova falsa." In: *O melhor de Stanislaw*. Rio de Janeiro: José Olympio, 1989. p. 114-115.

CRÉDITOS DAS IMAGENS

p. 20 Arthur Cavalieri / Agência O Globo; **p. 33** Agência Estado; **p. 60** Marc Ferrez / Biblioteca Nacional (Rio de Janeiro); **p. 67** Carlos Safker / Abril Imagens; **p. 82** Iconographia; **p. 95** Silvio Ferreira; **p. 113** Arquivo AE

Esta obra foi composta nas fontes Knockout, FFScalla Sans e Electra, sobre papel Pólen Bold 90 g/m², para a Editora Ática.